別れる勇気

男と女のいい関係のカタチ

家田荘子
IEDA SHOKO

さくら舎

まえがき

人には出逢いがあれば必ず別れというものがあります。自然に離れていく別れもあれば、恋人や家族との別れ、また死による別れもあります。別れの多くは、悲しくて辛くて痛くて苦しみが止まらない涙を伴う別れです。けれども、その苦しみを減らせる別れがあります。それは、自分で「別れ」を選択し、自分で作る「別れ」です。

とはいえ、簡単に別れを決断できないのが、やっぱり別れっていうものなんです。愛しているから別れたくない。お金を返してもらうまで別れられない。今までの私の人生が無駄になるから別れるわけにはいかない。きっとよくなるから今別れてはもったいない……別れない事情、別れられない事情は、人それぞれ違うと思いますが、もしかして愛情があるから別れられないと誤解していませんか？　それは愛情でなく、執着心《しゅうちゃくしん》のせいではないでしょうか。

弘法大師《こうぼうだいし》空海《くうかい》の『性霊集《しょうりょうしゅう》』に、愛と執着について書かれています。

「深く痴愛《ちあい》に酔って醒悟《せいご》に日無《ひな》く　久しく無明に覆《おお》われて　環源期無《げんげんごな》し」

長い間、執着愛にはまっていては前を見つめることができない。執着していると、自分の本当の心が隠されてしまって、自分らしい生き方に戻る時期をなくしてしまうといった内容です。

別れは、辛く悲しく淋しく大変な痛みを伴います。でも、自分と相手との関係をよーく見つめてみてください。もしかして、それは愛じゃなくて執着しているのと違いますか？　あなたが執着している相手は、本当にあなたにとって大切な、そしてあなたを大切にしてくれる人ですか？　執着していると、普通に見えているものが隠れて見えなくなってしまいます。

たとえばあなたが本当にやりたいこと。実はあなたのことをずっとそばで見守ってくれている人のこと……。いい流れやチャンスがやっと巡って来たのに、執着しているので見逃していませんか？

目の前に雲や霧がかかっていて、美しい月が見えない状態が、今のあなたの心です。この月にかかった雲や霧が、執着なんです。執着は煩悩《ぼんのう》の一つですから、なくすことはとてもとても難しいです。でも執着は、愛ではありません。今、あなたの心が晴れなかったり、前へ一歩出られないのは、その彼や夫の存在が関係しているのではないでしょうか？

　そこで、この『別れる勇気』に、扱いにくい男性や女性のことを掲げてみました。別れは、とても嫌なことです。痛みを伴います。ならばどう自分を変えていけば、「別れない勇気」を持って一緒に生きて行けるかということも、私が取材してきた壮絶な人々の人生から書かせていただきました。でも、どう「別れない勇気」を持って努力しても、あなたの心が晴れないのなら、今こそ「別れる勇気」を持って、一歩前に踏み出す時なのです。

　別れには、出会いよりもずっと大変なエネルギーを伴います。恋が始まった時のエネルギーも凄いですが、それ以上のエネルギーを別れは必要とします。この先起こるめんどうくさいことや、不安や淋しさを想像すると心が揺らぎ、なかなか別れを決断することができません。だからこそ、一本の揺るぎない勇気という底力が別れには必要なのです。

　自分の心の中をよく見つめてください。自分の本当の心が見えなければ、その本心を隠してしまっている執着や体裁やお金の問題など、要因の雲を取り払う努力をしてみてください。

　この本が、あなたの新しい一歩を踏み出すきっかけになって欲しいと心から願います。

本の最初からお読みいただく必要はありません。目次から、あなたの心に響いたページを開いていただくか、目を閉じて、本を開いたところにあった章からお読みください。

崖《がけ》っぷちを歩き続ける人生は、年齢が若いうちは、かっこいい生き方に見えるかもしれません。その崖っぷちを一生、おぼつかない足どりで怖がりながら歩いて行きたいですか？　崖から奈落の底に落ちるかもしれません。「別れない」で、崖っぷちを歩くのにも勇気が必要です。崖っぷちから離れ、「別れる」のにも勇気が必要です。でも、その勇気は清々《すがすが》しく美しい勇気です。

別れないでいるのも、あなたの大切な一歩一歩です。けれども、別れる勇気を持って歩き出したあなたの一歩一歩は、前を向いたあなたのための、もっと価値ある一歩一歩です。あなたの前には、光に照らされた道が伸びています。

そろそろ本当の自分の心を見つけてあげませんか？　毎日、一生懸命生きているあなた自身のことが、もっと愛《いと》おしくなってくると思います。

家田荘子

別れる勇気◉目次

第2群　つけるクスリ

第3群　自分がかわいい

別れる勇気——男と女のいい関係のカタチ

第1群　もててるつもり

新しもの好きで飽き性

次から次へと恋人が替わる

バッグ、時計、車、スマホ……次から次へと物を買い替える男性は、彼女が早いサイクルで替わると言われています。つまり「飽《あ》き性の男性」です。実は私の夫も、バッグと車を買い替えたがる性格でして、要注意人物です。

「飽き性の男性」は、新しいものが大好きで、新発売モノや限定モノに弱く、つい飛びついてしまいます。スマホの新機種が出ると、買い替えずにはいられない。女性に対しても「飽き性」の男性がいます。新しい女性に出会ったら一気に興味がその女性だけにいってしまって、頭の中がいっぱい。今の彼女がいるのに、その存在などとっくに消えていて、もう新しい彼女のことばっかりで燃え上がり、恋のドツボにはまってしまう……。

次から次へと女を替えることができるのだから、こういう男性は実は印象が良くて、会話もおもしろく、モテるタイプだと思います。

一方、不細工でお金もない男には、こういうことをやられたくはありません。むかつきます。でも不細工でお金がない男は、女にモテないから浮気の心配がないと、かえって安心させてしまうのか、こういうタイプの男に、とっかえひっかえ遊ばれている気の毒な女性もいるのです。本当にむかつきます。

さて、彼女が早いサイクルで替わっているという男と、縁あってつき合うことになった。しかもすぐに、「飽き性」というバケの皮がはがれてきた。それでも、つき合っている以上は、こんな男でも情が湧いてきて別れたくはない。そうなると、飽きられないよう、よその女のトコへ行かないよう、彼にとってベストな彼女になろうとするものです。

何か文句を言ったことによって、「いいよ、女は君一人じゃないから」なんて、開き直って言われでもしたらおしまいです。彼を怒らせないように、興味を外《ほか》の女へ向けさせないように、退屈な時間を与えないように、彼のスケジュールに無理してでも合わせてあげて会ったり、イヤなことをされても言われても、怒らず受け入れてあげたり……もう大変。まったく手がかかります。

糸の切れている「凧男」

こういう男性は、手綱をしっかり持っていないと、どこへ飛んでいっちゃうかしれません。そういえば私の二度目の夫（アメリカ人）とつき合い始めた頃のことです。笑顔がチャーミングな元夫には、アメリカ人やフィリピン人などインターナショナルな恋人が何人もいました。一人、二人と発覚するたび、私が怒ると、

「独身《シングル》なんだから恋愛は自由だろ？　俺は凧なんだよ。しっかり君が凧の糸を持ってないと、糸が切れたら俺はあっちこっち飛んでっちゃうよ」

なんて、小憎《こにく》らしいことを言って、開き直っていました。

糸の切れている「凧男《たこおとこ》」は、その辺にいっぱいいます。出会いの時は、一生懸命、気持ちを自分に向かせようと手を替え品を替え頑張るくせに、心までも自分のモノにした途端、日ごとに興味がなくなっていき、やがては他の女に目がいってしまう。

今の世の中、きれいな子、かわいい子はいっぱいいますから、一人では満足できず目移りしちゃいます。注文した新車が来るまでが楽しみで、乗り始めたら「ただの車」になってしまうという感覚の男と同じです。こういう男って、一見積極的で器用で「攻め」タイ

プに見えますが、実は「受け男《お》ちゃん」なんです。

何でも人にやってもらわないと、自分では上手くできない。自分で遊ぶことも、楽しむことも、幸せな時間を作ることも実は苦手でめんどうだから、プライドが高く偉そうに振る舞ってはいるけれども、本当は彼女に全部やってもらっちゃいたいんです。やってもらうばかりだから、「どいつもこいつも一緒だな」と、すぐに飽きてしまう。そうして新しい娘《こ》、珍しい遊び……と、バタフライのように次から次へと花の間を飛び回るのです。愛情が生まれてきてからこそ恋はおもしろいし楽しいというのに、恋の醍醐味《だいごみ》知らずで、かわいそうな人たちです。

「飽き性の男性」は、次から次へと女を替えて得意がっているようですが、大人の女性から見たら、実は、「お子ちゃま」のままで、成長していないことを自慢しているようなものです。「お子ちゃま」では、自分で愛情を深めていくことも、困っている時の彼女の力になることもできません。

極道と若い女たち

私が『極道《ごくどう》の妻たち®』を取材していた頃、「いい車乗って、いい女連《つ》れて、ヤクザってかっこいい」という科白《せりふ》を新人ヤクザたちからよく耳にしました。この科白が『極道の妻たち®』（文藝春秋刊・青志社刊）の本のキャッチフレーズにもなりました。まだ暴力団対策法や暴力団排除条例が施行される前の話です。

いい車に乗って、いい女を連れて……あの頃は、それに憧れて裏世界に入っていった十代の不良少年たちが多くいたものです。「そんなことのために体を懸ける（刑務所に行くようなことを組織のためにする）なんて……」と、思いましたが、その頃、私は二十代前半の駆け出しライター。ヤクザ事務所にいくだけで怖くて、とてもじゃないですが口には出せませんでした。

自分の地位が上がっていくにつれて、恋人や愛人だけでなく、妻まで替えてしまう見栄っ張りなヤクザもかなりいました。よく当時のヤクザ世界では言われていました。「再婚するたび、姐《ねえ》さん（妻）の年齢《とし》が下がっていく」と。若い頃、苦労をさんざん共にした姐さんと離婚して、若い女の子に飛びついちゃうのです。その若い姐さんたちは皆、人目を引くほど美しくて、大きな胸、きれいな足、抜群のプロポーションをしていました。

抗争のさ中、籠城中のヤクザ幹部宅で、前に座る組長とその妻の取材をしていた時のことです。私は手が震えるほど緊張し怖がりながらも、組長が若いムッチムチの妻の体にむしゃぶりついている姿を、不謹慎ですが何度も想像してしまいました。それほどきれいで魅力的な女性だったのです。組長は、この若い妻を一生大切にしていくものと、当時私は、ほほえましくも思ったのですが、何年か経ってまた取材で訪れると、その女性はいません。

「あいつ？　ああ、とっくに別れたよ。今はこいつ」

赤ら顔で笑う某組長の横には、もっと若くて胸の大きな妻が……。「飽き性の男性」は、彼女でなく妻でさえ、こうなのです。

「してもらう」ことに慣れてしまっている「お子ちゃま男」とつき合い続けたいのなら、受け身にさえさせなければいいんです。三十歳も四十歳も年下の妻に、いいご身分の裏世界の男たちが年甲斐もなく魅《ひ》かれてしまったのは、若い女性の肉体の方だけでなく、言葉やふるまいにも刺激がいっぱいあったからではないでしょうか。

さんざんふり回すにかぎる

そういう「飽き性の男性」なんて、わがままをいっぱい言って、さんざんふり回してやったらいいんです。尽くしすぎて、「あいつは何でも言うことを聞く」と思われたら、負けです。たとえば「飽き性の男性」に会う時、暇でも用事ってことにして三回に一回は、自分の都合に合わさせます。「飽き性の男性」とつき合っていても、これまで通り、友人と会ったり、自分のやりたいことを優先し続けることをやめません。相手だって、空いた時間をどうせ一人でおとなしくなんかしていません。

イヤなことは我慢して心の中に溜めず、すぐ口に出して、その都度、会話で解決しておいてください。メールではダメです。目を見ないですむということは、お互い嘘のつき放題です。失うのが怖いからと彼優先にしていたら、そのうち嘘であっさりと踏みにじられてしまいます。

（どうせ飽きられるんなら）と、心の中で密《ひそ》かに開き直ったほうが勝ちです。やらなきゃ損！　言わなきゃ損！　今日のことは、今日のうちに言って、心を楽にしておかないと、彼はとっくに次の女のところへ飛んでいって楽しんでいるかもしれません。

もしかしたら、さんざん女から女へと飛び回った後、何事もなかったかのように、あなたのほうへ戻ってくるかもしれませんが、それはいつのことかわかりません。それでもあなたは、こういう彼とつき合っていきたいですか？　疲れ果てちゃいますよね。

ところが、そんな「飽き性の男性」でも、刺激を送り続けてやれば、（あれ？　他の女と違う）と、彼にとってあなたが新鮮な存在になり、

（ヤなことをズケズケ言うから頭にくるけど……気になる）と、彼が放っておけなくなるのです。イヤなことでもズバリと言う、うるさい女だと思いながらも、悩んだ時に真っ先に思い浮かべるのは、イヤなことでも彼のために言ってくれる女性のことです。「なんでもイエス女」には相談しても、はなから期待はできません。

「いつか捨ててやる」と居直る

「いつか捨てられる」か「いつか捨ててやる」と、開き直りの覚悟があれば、自分のしたいように彼を取り扱いできるようになります。そのうちに「イヤなことを言う女」から「おもしろい女」、「珍しい女」と、彼の中で存在感が増していきます。いつか、彼にとってかけがえのない大切な人になることでしょう。

そこに至るまで、すごく月日がかかるかもしれません。その間、いったい何人の女を渡り歩いてお勉強するか、しれません。でもあなたにとって優先順位で一番が「彼」なら、二番以降の浮気や飽き性も彼の個性と捉えられれば、大したことありません。怒るよりも「凧の糸の長さを調整しては時々引っ張る」ということに力を注いでください。

決して受け身にならず、あなたはどうぞ好き放題やってください。でも時々、彼を褒《ほ》めて、有頂天にさせてやりませんか？　「お子ちゃま男」はシンプルなので、すごく喜んでくれます。つまり「飴《あめ》とムチ」を使い分けられる賢い女性にしか、こういう男は取り扱いきれないのです。相当頭がキレないと、わがままな女や、バカな女にはなり切れません。たとえば、まさしく爪を隠している売れっ子芸人ですが、想像以上にとても頭がキレます。人の何倍もの努力もしています。あなたも、自分のために努力を惜しまないでください。

次は何をして彼と遊んであげようか、何をしたら楽しんでくれるかな？　あなたが常に次の刺激、先の刺激の方法を考えていけば、他の女に先を越されることもなく、きっと勝利を手にすることができます。

飽き性の男は褒めるに限る

ところで、もし、こういう次々と彼女やモノを替える「飽き性の男」が職場にいたら？　興味があることは喜んですぐに動くけれども、興味がないことに関しては、見向きもしないで人まかせ。仕事なのに無視したり、やっていることにすぐに飽きて、「辞めたい」「めんどくさい」が口癖のような「飽き性の男性」が職場にいませんか？　そういう「飽き性の男性」と、どうしても仕事で関わっていかなければならないという場合も、「お子ちゃま。お子ちゃま」と、あなたはこっそり念じていてください。落ち込まずに、プラスの刺激を送ってあげる「サービス」を、同僚のために考えてみませんか。

プラスの刺激とは、褒めることです。褒めることを際立たせるためには、「あの人は、どうせこういう人」という先入観を持って、はなから無視したり諦めたりしないで、きちんと話をしてください。飽き性の男性は、そのきちんとした会話さえ嫌がるでしょうけれど、シンプルな構造の人なので、もともとは褒められて刺激をもらうことが大好きなんです。ただ、会話に持っていくまでのあなたの努力は必要です。時間もかかります。

二人の年齢に関係なく、時にはお母さん、時にはお姉さんや妹になって、「いろいろな自分」から刺激を相手に送ってあげてください。嬉しいと思いますよ。きっと喜んでいます。とにかくあなたがポジティブ思考で、くよくよムカムカとストレスを溜めないことです。

どうせ飽きられるんならと覚悟をもって開き直り、まずは自分が楽しんじゃってください。そうしたら、彼自身が変えられ、いつの間にかあなたが「妻」の座についているかもしれません。

一生もててしまう

「もてる男」には魅力がある

もてる男って、十代でも大人でも、そしてシングルでも既婚者でも、とにかくもてて、おじいちゃんになってからも、いつもいつも女性が放っておいてくれません。自分からもてようと努力しているわけではなく、まさしく天性のモテ男です。だから、そういうモテ男とつき合っている女性や、モテ男と結婚した妻は、ほーんとに大変です。いつもいつも、ずーっと「女」の心配がついて回ります。

とはいえ、ぜーんぜんモテそうもない男より、やっぱりもてそうな男のほうが、魅力があります。女の心配はおまけのようなもので、仕方がないと最初から心得ておいたほうがよさそうです。だからモテ男と一緒になるには、それなりにどころか、それ以上の覚悟や努力が必要なのです。

「容姿のいい男なんて、何年も一緒にいれば飽きるさ」

と、もてない親父《おやじ》たちは、悔し紛れによく言いますが、それは、もてない男の愚痴です。

やっぱり容姿や表情は、ステキなほど飽きないものなんです。歳《とし》が増えて皺《しわ》が増えて、顔の肉が緩んできたとしても、やっぱりいい男はいい男です。ただ歳を取ると、その人の人生が顔に表れますから、もてる男の顔は、わりと軽い系かもしれませんよね。でも外見は、やっぱりいい男で、やっぱりもてるのです。

私がアメリカで生活していた時、アメリカ人は、自分の家族や恋人のことをお互いに褒め合うだけでなく、人にも自分の妻や夫や恋人のことを褒めて自慢するということを知りました。日本では「きれいな奥様」と人が褒めても、「いやあ……、そんなことないっすよ」と、謙遜《けんそん》するのが普通ですが、アメリカ人の場合、喜んで「サンキュー！」と返ってきます。もちろん毎日夫が妻に、

「今日も美しいよ。愛してるよ」

と言って褒めるのが普通です。人にも自分の妻が、どんなに美しいか、賢いかなどを嬉しそうに自慢しています。こうして褒められた妻は、ますます美しくなっていくのです。

もてる男も同じです。もてればもてるほど、褒めれば褒めるほど、いい男になっていくというものです。芸能人が、オーディションに受かる前までは「ちょっと普通よりかっこいいかな？」程度だったのに、デビュー後、どんどんかっこよくなって芸能人らしくなっていくのと同じです。人が注目し褒め続けると、かっこよくなっていくものなのです。

もてる男は「かっこいい」とか、「いい男」とか「セクシー」などと、褒められ慣れしているので、ちょっと褒められた程度では内心喜びもしません。ところが、褒められないとかえって不安になるものです。だから、いつもあなたに褒めてもらいたいのです。「言わなくてもわかっているでしょ？」と思わず、彼を見つめたり眺めたりしては、いちいち褒めてあげます。見慣れている夫でもそうです。そうすると彼は安心して、「いい男」を今日もやっていけるのです。それで、他の女のところへ遊びにいっちゃうというのも癪《しゃく》ですが、もてる男は一生女性が放っておきません。女性問題は、ずっとついて回ります。大切なのは、あなたが妻であること、またはナンバーワンの彼女で居続けることです。

「甲斐性のある旦那」と「できる妻」

かつて京都では、「甲斐性のある旦那《だんな》さんが外で遊ぶのは仕方なく、家にそれを持ち込まなければいい」と、京女性が心得ていた時代がありました。古都・京都では、男の上品な遊びがいっぱいあるからです。私が取材した京女性は、例外タイプでした。夫の遊び相手が女性でなく、男性のお弟子さんだったので、黙っていられなくて大ごとにしてしまったそうです。

京都に限らず、「できる妻」は、夫のワイシャツに口紅がついていても、またスーツの背中に長い髪の毛をつけられていたり、上着のポケットにハンカチを入れられたりと、愛人が妻に「愛人がいます」メッセージを送ってきても、夫を責めることなく、話題にすることもなく、見て見ぬふりを通していたものです。

「何もかも知っているけど、夫の帰ってくる場所は私のところ」

と、自信があるので、夫の浮気遊びを静観できていました。何時に帰ってこようと、たとえ朝帰りしようと、何をしていたかわかっていてあえて追及せず、「おかえりなさい」と、にこやかに夫を迎えるのが賢い妻だったそうです。それが遊び夫にとって、(悪いことをしちゃった)と、恐怖になるのです。

そんな妻に対して、夫は何も言えず、今まで以上に頭があがらず、でも遊びはやめられず、下半身は元気で……。ところが実は何もかも承知の妻の手のひらの上で遊ばされていたのです。

愛人は、言わなきゃわかってもらえないから、あれこれそのたびにアピールしないといけないのに、夫婦というのは言わなくてもわかり合える関係なので、浮気は浮気と、理解し合えたものです。その代わり夫は、しっかり家族のめんどうを見る。それは当然のことでした。

見て見ぬふりはダメ

私が『代議士の妻たち』の取材をしていた頃には、妻より愛人のほうが公の場に出て、妻の代わりに男をもり立てる第二夫人と呼ばれる女性もいました。また、愛人宅前に屋根付きの警備がついていた大臣もいました。

けっして女性軽視ではありませんが、そういうことが許される時代でした。けれども今は許されません。芸能人が不倫と報道されただけですべてを失ってしまうような「許すことが許されない」時代です。今は「女性が見て見ぬふり」の賢妻をしても、夫の脳力が低くて賢妻についていけていません。だから、妻の「傷ついてはいるけれども恥をかかせないよう思いやっている」気持ちを夫は慮《おもんぱか》ることまでできないのです。

よって今は、モテる夫に彼女がいるとわかったら、イヤでも言わなくてはいけません。ガミガミ言うのがイヤでも、言ってやらないと、もてる男は「妻がイヤがっている」と察することができません。そればかりか何も言わないでいると、(嫉妬もしない妻は、自分のことを愛していないのではないか）と、夫は逆の方向に捉えてしまいそうです。

「見て見ぬふりして黙っているのは、夫に対する深い愛情から」と、夫には察することができないので、

「知ってて何も言わないのは、俺のことをもうどうでもいいと思っているからだ。だったら、離婚して彼女と一緒になってやろうじゃないか」

などと、思わぬ方向に進んでいってしまいます。

今のもてる男には、「言ったもの勝ち」です。「結婚したい」「浮気はイヤ」「他に女の人がいるのね」「私だけを愛して」「奥さんと別れて」など、言ってやらないと、脳力不足なモテ男にはわかりません。現状のままでいいんだと解釈し、遊びたい放題、無責任に浮気をしまくります。言ったところで浮気癖が鎮まるとは思えませんが、モテる男の脳にチョイとクギを刺しておけば、少なくともあなたが彼に対してどう思っているかは知っておいてもらえるでしょう。

いったん、浮気していることを妻が知っていると把握できれば、夫の心のどこかに後ろ暗いものがあって、少しは気にするようになります。

「あなたの帰ってくる場所は、このおウチですよ」

ということを教え込んでおけば、男性は帰巣本能が強いので、愛犬のように必ず帰るべきウチへ帰ってくるものです。それが一日、十日、数ヵ月かかろうとも……。愛人は好きなんだけど、家にも帰りたい。と、心と行動が伴っていないものの、とても気にかかっています。だからモテる男の妻やナンバーワン彼女は、モテる男に縁を切られる、他の女に盗《と》られるということをけっして恐れてはいけません。

それには、言葉にしなくても常にあなたが、モテる男より上のレベルにいる必要があります。あなたがモテる男の下のレベルにいると、もてる男が主導権を握ってしまうので、捨てられたり縁を切られたりします。

「愛人」の立場、「妻」の立場

ある有名な芸能人ですが、夜、愛人のところへ遊びにいこうとする夫に、妻が「今から（あの子のところへ）行くの?」と迷惑そうに言ったところ、

「俺がウチで機嫌よくしていられるのは、あの子のおかげじゃないか」と、言ったそうです。つまり、彼女のところでストレスを解消してくるから、夫は家で機嫌よく、仕事も充実するので、家庭が円満でいられると……。

こんなことを言う夫も夫ですが、妻も妻。そんな程度でショックを受けたりなんかしません。むしろ夫婦の強い絆《きずな》を感じさせられます。そこで妻が平然と、

「あ、そう。じゃあ、その子に何かお礼、送っとかないとね。ちょっと、その子の住所教えて」

と言ってメモ紙を渡したそうです。さすがに夫はちょっとビクッとしたものの、言われたとおり住所氏名を書き、「じゃ、頼むよ」と、平然を装って妻に渡したそうです。数日後、愛人の元にお中元のような結構な食料品が届きました。差出人の欄には、夫の名、その横に小さく「内」と書いてあったそうです。

愛人にも夫にも「遊びの愛人」と「妻」という立場を認識させることにより、妻は、愛人と夫よりも上のレベルに抜きん出たわけです。まさしく賢妻です。妻に頭が上がらないことを夫は思い知らされたできごとでした。

「最後の手段」はとっておく

モテる男の女性問題は、いちいちカリカリ悩んでいてもキリがありません。仕方ないと言ってしまうと、「それはあまりにも冷たい」と非難されそうですが、モテる男の場合、こういうことは何度も何度も死ぬまでずっとくり返し起こります。避けて通れないできごとなのです。それほどいい男を好きになってしまったのですから、仕方ないでしょう。最初からわかっていたことですよね？　諦めない勇気、別れない勇気を持ってください。

自分が遊んであげられない分、浮気相手が遊んでくれていると思って、この件は横に置いておいて……じゃあ、あなたはモテる男をどうコントロールするかを考えたほうが前向きで、よっぽど健康的です。普通の女性ならば浮気相手がいることで悩み苦しみます。

でも、あなたは違います。苦しくても、その先のことを考えるのです。いちいち考え悩み、沈み込んでいたら、あなたが病気になってしまいます。家で暗い顔をして、いつも女のことで責めていたら、夫は帰ってくるべき場所を失い、こんなトコ居られないと、逃げてしまいます。

もうあんな浮気男、どうでもいいと本気で思えるならば、しっかり段取りをして、ある日、家財道具も貯金も一切合切持って、サインした離婚届だけを残して引っ越しをしてしまえばいいんです。でも、こんなことは、いつでもできます。これは、最後の手段としてとっておいて、その前にあなたの心が楽になることをしておきましょう。

引っ越ししたあと、彼はあわてて捜しまくって、追いかけてくると思いますが、愛情がないのなら、このケリをどうつけようとあなたの自由です。

ただ、離婚をするのにお金がたくさん欲しいとなると、裁判したり、いろいろと時間も手間もかかります。別れたいということが優先順位で第一位ならば、悔しいけれど、家にあるお金をあるだけ持って出ていくという方法はどうですか？

そうすれば、すぐに新しい場所で新しい一歩を踏み出すことができます。でも、モテる男に慣らされたあなたは、きっと、モテなさそうな男には目がいかず、またモテる男を探し、同じことをくり返すのでしょう。好きなタイプって、なかなか変わりません。こうしてまた一から大変な苦労が始まります。

だったら、今の彼（夫）をキープしておいた上で、操縦法を心得たほうが楽ではありませんか？　どうせ、あっちの女、こっちの女と、バタフライのように彼（夫）は飛び回っているんです。その間、あなたには時間があります。

人並み以上の苦労なのだろうか

モテる男が、常に女の問題を同伴させているのは、当たり前のことです。モテない男より、モテる男のほうがいいと、あなたが選んだからには、人並み以上の苦労はつきものなんです。でも、そのモテる男（夫や彼）と一緒にいる時、あなたはとても嬉しくて幸せなんですよね？　ギャンブルをやるわけでもないし……。アルコール依存症でもないし……。と、他のいわゆる男の問題を挙げて比較し、

（ま、それよりかは女の問題のほうがましか……）

と思えるようになれたら、しめたものです。

心の苦しみは、あなた持ちです。誰が受け持ってくれるわけでもありません。だったら、あなたの中でうまく苦しみをコントロールできるように努力することが、笑顔になれるコツだと思います。

もう一度言います。昔のように賢妻の「見て見ぬふり」は、今のモテる男には通用しません。そこまで考えたり感謝する脳力は、今のモテる男たちにはありません。

だから、「女がいることを知っている」「それはとてもイヤなことだ」ということは、暴れたり、ケンカを売ったりせず、でもきちんと相手に伝えておくべきです。

男の人が女遊びできるのも、年齢的に限りがあります。

あるお寿司屋の女将《おかみ》さんが言っていました。その大将はカウンターに座る女性客たちと何度も浮気を重ねてきたそうです。たしかにさわやかで、口が達者。職人の白い制服がカウンターからはまぶしく映り、明らかに女性からもてるタイプです。

「男の人は、年齢制限があるからね。体がいうことききかなくなったら、自信がなくなって、女遊びもできなくなっちゃう。男の人の花の咲いてる間は短いから、その間はせいぜい遊ばせてあげようかと思って……」

カラッと言って笑う女将さんの顔をチラリと見ながら、お寿司を握る大将は、耳まで真っ赤な顔をして小さくなっていました。やっぱり、妻や彼女が上の不動のレベルに就くことが勝利への道のりなのです。「女がいる」ことで自分がつぶれてしまったら、勝てる勝負も負けてしまいます。誰だって、夫（彼）が浮気をしていると知れば、落ち込み悩みます。でもあなたは、そこまでの人ではありません。

妻やナンバーワン彼女であるということは、すでに勝利しているということです。そして彼（夫）は、あなたのことを心のどこかで頼りにしています。これを忘れないでデーンと構えて対処しながら、一緒に歩いていってください。

とにかく曲がったことが嫌い

エレベーターの「開」「閉」で怒鳴る

曲がったことが大っ嫌いで、何ごとも白か黒か、どちらかでないと納得できない。彼の中にグレーは存在しないまではいいのですが、それを人に押しつけて、無理やり通そうとする頑固男がいます。

大型集合住宅などでは、こうしたカタブツで頑固な名物高齢男性が、よくいらっしゃるものです。年の功もあって、話術に長《た》けているし、その人の中では自分の考え以外は存在しないとされているので、説得するどころか反論や提案一つできず、こちらが諦めるしか丸く収まりません。でも、相手が彼や夫だったら、何もこちらが諦めてあげる必要なんかありません。

四国のシティホテルでのことです。一階のエレベーターに乗りドアが閉まるのを待っていたら、人の姿が見えたので、前に歩み出て「開」のボタンを押したのとドアが閉まるのとが重なって、その五十代くらいの親父の腕にドアが当たってまた開きました。妻と一緒に乗り込むなり、

「いてぇ！　お前、俺の顔見てわざと『閉』のボタン押しただろ」

と、怒鳴ってケンカを売ってきました。

エレベーターは四台並んでいて、隣もドアを開けていたのに、私のいるエレベーターに二人が乗ってきてしまいました。私は反射的に、わざわざ二歩前へ歩み出て「開」を押してあげたのです。ところがその親父は、唾を飛ばしながら、「いや、お前は俺がイヤだから『閉』を押したんだ」と、私の話を全く聞きません。私の乗っているエレベーターに乗らないと次がなかなか来ないというわけでもありません。怒鳴りながらその男の指しているボタンは「開」です。ところが、

「お前はわざと『閉』を押した。痛えよ」

と、ドアの当たった腕を大げさにさすりながら、善意の第三者である私をずっと「お前」呼ばわりです。（こんなことなら「開」を押してあげなきゃよかった）と、私も頭に

きたので、

「私は、お前という名前ではありません」

と、わざと超クールな口調で言うと、

「なにい!?」

烈火のごとく怒った瞬間、エレベーターはその夫婦の降りるフロアに到着。あっけなく二人は降りていきました。もう一度、確かめてみましたが、私の押したボタンは「開」。そしてその男が指していたほうのボタンも「開」。反対側のドアの開いているエレベーターに乗ればなんの問題もなかったのに、その男は、私が「閉」を押したと怒鳴るだけで、指しているボタンが開か閉かを確かめもしませんでした。

「もうその辺にしたら？」

と、普通なら妻が言って宥《なだ》めてもいいところ、その妻は無表情のまま、何も言わず無視です。おそらく、こういうことに何度も出くわしているのでしょう。妻はコトが過ぎ去るまで平然と待つのみでした。もしエレベーター内で「まあまあ……」と妻がしゃしゃり出たら、余計に怒鳴り散らしたかもしれません。その妻はコトを最小限で終えるための術《すべ》を心得ていたのでしょう。

それとも降りてから、

「あなた、あれは『開』のボタンですよ」

と、笑っていたかもしれません。間違っていても、正しいと信じて通そうとする親父のエネルギーは凄《すご》いものです。

お前の名前は「アホ」か

よく似たタイプの親父が新大阪駅にもいました。ホームで下りの新幹線を待っている時、五十代の親父は、ドアの真ん前に当たる場所に立っていました。私はドアの横側の位置にいました。このドアから降りるとすぐ先に下りエスカレーターがあります。降車客の導線を考えると、ドアの真ん前に立っていたら邪魔になるはずです。

それで、エスカレーターのあるほうの反対側で、ひと一人分歩く幅を開けて私は立っていたのです。乗ろうとしているのは二人だけ。降りる客の通り道でガンと頑張って立っていた親父が、乗りかけた時、突然ふり返って私に、

「お前、並ばんかい」

と怒鳴りました。その大声の関西弁にびっくりしながらも、こういう時すごくクールに、

そして丁寧に喋る癖の私は、

「え？　私は降りる方の邪魔にならないところに立っていたんですが？」

と答えたんですが、

「なんだと？　お前、女のくせに。言うこと聞いて並べよ」

と、デッキを歩きながら大声で返してきました。まあ、なんという女性蔑視でしょう。

私がいつものように、

「私は、お前という名前ではありません」

超クールに丁寧に言うと、

「じゃぁ、お前の名前は『アホか』」

と言い捨て、車内前方へと急いで歩いていきました。関西人らしいオチのある終わり方でした。

降りるお客の流れのまん中で、邪魔をしてまでドアの真ん前にいなきゃいけないことはないんですよね。自由席ではないので、急がなくても自分の席は奪われません。でも曲がったことの大嫌いなその男は、ドアの真ん前にいないとイヤなんです。そして私がよけて脇にいるということが許せないのです。白や黒でなく、臨機応変にグレーにしておくということは彼にとっては許せない邪道なのでしょう。

こういう男が彼や夫でしたら、「曲がっていないことで通している」最中に、何かを言っても、本人には受け止める余地なく、全く聞いてはくれません。言い出したら曲げないという人は、自分の考えにそぐわないことをしている人を見たら許せなくて、注意の枠を超えて、怒鳴ったりケンカを売ることさえ彼の思う正義のためにやってしまえるのです。

孤立した人間になっている

やりすぎて、自分の心や体が傷つくのも度々。でも彼は自分の意志を通したと信じ切っているので、その後は、清々《すがすが》しささえあるようです。周りが「ほどほどにして」などと言っても通用しません。今度はそれを言ったことで怒られます。彼は、自分が折れたり曲げたりすることは、負けることや恥ずかしいことと思っているので、途中でやめたり、立ち止まって検討するということが許せません。

でも、そういう彼を黙らせる方法があります。好きなだけ言わせて吐き出させたあと、謝ることです。口先でもいいので、「すみません」「ごめんね」と言っておけば、彼は（勝った）（説き伏せた）と、内心気分が晴れるものです。

こんなんですから敵もいっぱいいて、彼は実は、会社や社会でも孤立した人間になっているかもしれません。でも、意地とプライドがあるので、それを認めたくないし、(俺ってひとりぼっち?) と疑問に感じる部分があったとしても、弱味はあなたにも見せません。本当はあなたのことが頼りで、とても必要なのです。なのに、自分の考えからはずれた人を見ると、すぐヤイのヤイのと言いにいってしまう……。どんなにあなたが「人のことはもう放っときましょう」と言いきかせても、です。

こういう人は、人の心を傷つけることはしても、法に触れるような悪いことは絶対しません。人を殴りつけたりまではしないので安心していられるのですが、他人の心にしこりを残すようなイヤなことは度々します。協調性がなく融通のきかない彼の場合、小っちゃい子どもに接するように一つ一ついちいち手厚く、説教しないで叱りもしないで、やさしく接してあげてみたらどうでしょう。

延々と一生懸命に聞くしかない

会うたび、何があったか、延々と一生懸命聞いてあげます。反論しないで話の邪魔にならない程度の短い相槌《あいづち》を打ち、会うたび、喋るたび、彼の心に溜まっているモノを吐き出させます。人のやることと言うことが、いちいち気に入らない彼は、きっと正義を振りかざして、溜まっているモノが空っぽになるまであなたに訴えることでしょう。

その代わり、あなたの心に溜まっているモノを彼に聞いてもらうことはできません。もしちょっとでも言おうものなら、

「そいつは間違っている」「今から、そいつを謝らせに行く」

なんて正義感に燃えて飛んでいって説教を始めたりして、大ごとになっちゃいます。

彼は「曲がったことが大嫌い」な自分をかっこいいと美化しているようですが、もういい大人です。いつまでもそれが「かっこいい」で通用しないこと。そして、「許す」ということが、けっして曲がっていることではないということを、あなたが教えないで誰が教えられるでしょうか。

「人は、許すという心を誰もがいだいてるのよ」ということを、今さらながらですが教えてあげてください。曲がったことをした人に我慢して彼がつっかかっていかなかった時こそ、いっぱい褒めてあげてください。彼は子どもなので、褒められて嬉しいと思ったら、もっと褒められたいと、我慢をします。それでまた褒められて、少しずつ少しずついい子になって、やがては「心身ともに大人」に近づいていけるでしょう。

曲がったことの嫌いなこういう人こそ、実は政治家向きです。大人になれたあかつきには、あくどいことを絶対にしない彼に、政治家になるよう勧めてみては？　あなたもいずれは、代議士夫人。それも夢じゃないです。あなたがうまいこと乗せたら、彼は案外簡単に乗ってくれると思います。根がシンプルなんですから。

しようがないですよね。曲がったことが嫌いな男をあなたが好きになったんですから。でも、曲がったことが嫌いがゆえのいい面もいっぱいあります。いい面は拾って褒めてあげてください。ただ、他人に自分の正義のものさしを押しつけ、口論してまで無理やり直させるという性格は、完全には直りません。いくら彼が成長して心身ともに大人になれたとしてもです。多少のことは、前述のエレベーターの中での妻みたいに、見て見ぬふりで見逃しておいてあげることも、彼の性格を尊重してあげられる方法の一つだと思えるのです。

「別れない」と安心している

ところが今度は彼が、あなたが中庸であることが許せなくて、度々つっかかってくるかもしれません。

「なんで今、あいつに言ってやんないんだ」

「なんで反論しないんだ」

「どうして黙って笑ってるんだ」

場所や時間を考えず、お説教が始まるかもしれません。外だったら、他人のふりをして彼を置いてサッサと歩き出します。心配しないでも彼は必ず後ろから追いかけてきます。曲がったことが嫌いなので、人前で興奮して怒鳴ることはあっても、暴力は法に触れるのでふるいません。それともそのうるさい口をキスで塞いでやりましょうか。

こういうタイプは実は恥ずかしがり屋なので、公衆の面前でキスなんてされたら、自分の「曲げない」という信条を汚すようで、恥ずかしいやら照れるやら……「バカ野郎」とか捨て科白を言ったとしても、一気におとなしくなってくれます。やっぱり彼はあなたのことが大好きなのです。

あなたが去らないという前提で彼があーだこーだとうるさいことを言っているということは、あなたが彼を自分の思う通りに操れる証拠です。

どうしても口論が止まらず、大ごとになりそうになったら、あなたが隣で相手の同伴者に、困った表情を見せて合掌し、目だけで一生懸命（ごめんなさい）と謝っている仕草を見せたらいいんです。それでも収まらないなら、ワーワー言っている彼をひっぱたいて「いいかげんにしなさい！」と、連れ帰ります。

ある意味、彼は純粋なトコがあってシンプルなんですから、子どもと思って接してください。怒るかもしれませんが、やっぱり彼は、いつもそばにいてくれるあなたのことが大好き。偉そうに正義を振りかざしても本当は、あなたに一番弱いんです。ただ曲がったことが嫌いなだけ。どちらかといえば「悪い趣味」の一つと捉えてあげてもいいのではありませんか？

一緒にいる時にヤイのヤイのと、何ごとか起こってもわずらわしいですが、離れている時も、いつどこでまた誰かとヤイのヤイのとやっていないか、あなたは常に心配が絶えません。相手を間違えると、刺されることだってあるからです。

こういうタイプは浮気の心配はありませんが、

「どこかでまた人とやり合っていないか心配」

と、連絡だけは密によこすよう言いきかせておいてください。

少しでも連絡が取れなかった時は、

「無事でよかった！　また誰かとやり合って、怪我《けが》して病院に運ばれたんじゃないかって、すっごい心配したのよ」

と、芝居がかるくらい大げさに喜んでやってください。そのうち、あなたに心配ばかりかけてはいけないと、反省できる大人に近づいていくでしょう。彼は、曲がったことが大嫌いです。あなたに迷惑をかけるようなことは主義に反します。それは彼自身が彼を許せないことなのです。

一見、優しそうで心が冷たい

クールな男とは「加算方式」でつき合う

クールな男がいます。でもこの「クール」というのは、ハードボイルド的に、かっこいいクールな男と、単に心が冷たい男とに、分かれると思います。ハードボイルド的なクールな男は、小説では女に決して情を移さず、人に銃口を向けるのも平気なのに、雨に濡れている捨てネコを抱っこしてあげるような優しさもあって、孤独な背中さえもかっこいいんです。

そういうハードボイルド調を真似《まね》ているクールな男と、人から愛情や優しさを受けたことがないのか、あるいは苦労をしたことがないのか、優しさや思いやりのない、単純に心の冷たいクールな男とがいます。おもしろいのは、ハードボイルドのほうです。本当は優しい人なのに、イメージのためか、それとも仕事のためか、わざわざクールにふるまっています。そのクールさを「かっこいい」と、褒めてあげると、イメージがあるので手放しでは喜ぶことができませんが、彼は内心とても喜んでいます。

そういうクールな彼をなんとか笑わせてみます。笑うとクールなイメージが崩れてしまうので、彼は一生懸命笑いを堪《こら》えながら苦しんでいます。そんな彼の姿を見て、「かわいい」「笑顔もステキ」と、褒めてあげると、やっぱり彼は心の中で、とても喜んでいるのです。

クールでなきゃいけないのに、気を許し一瞬でも笑顔を見せてしまったことに（しまった！）と、彼は大後悔をしますが、実はこういうタイプの人には過度の期待をしないで、加算方式を使っておけば、うまく取り扱えるというものです。

加算方式？　普通は、減点方式で評価する人が多いんですが……。たとえば、最近アプローチをかけてくる人のヘンなトコや、イヤなトコを見てしまったらそのたびに減点をしていきます。持ち点が減っていってゼロに近づいていったら、（やっぱりこの人、ムリ。つき合わないでおこう）と、心も離れていきます。

加算方式なら、（こんないいトコがあった！）（慌てた時の目がかわいい！）などと、いい部分に出合うたび、プラスしていきます。たとえば、「他の女のことを言ったら彼が焦った」。減点方式なら、焦ったことでマイナス。疑惑がさらに深まったことで、またマイナス。でも加算方式なら、焦った顔がかわいくてプラスということになります。

クールな男は、隠している部分や装っている部分が多いので、つい素を出してしまった時、意外な展開が多く、思わず加算したくなります。

隠している魅力が表に出るたび、相手が喜んでくれるので、クールな男は、実は心の中で調子に乗ったり舞い上がったりしているものなんです。

イケイケ強面親分からの電話

『極道の妻たち®』の取材を始めた頃、某有名なイケイケ強面《こわもて》親分に、極道専門のベテラン記者と一緒にお会いしたことがあります。取材後、雑談の中で、私は、

「記者って、いつも一人で行動しなきゃいけないから、淋しい商売ですよね」

と、隣にいる記者に言いました。

「そうなんだよね。フリーライターって一人で仕事するから、気楽ではあるけどね」

と記者が答えて、その後、話題は別の方向へ移っていったのですが。

翌日から、昨日取材したイケイケ親分が、私に、

「元気か？　淋しくないか？」

と、電話をかけてくるようになりました。いつも公衆電話なので、すぐに切れてしまいます。追ってその日に、またかかってくることはありません。それは、一週間毎日続きました。何かおかしいと、怖いので勇気を出して、その理由を尋ねたところ、

「淋しい商売と言うたじゃないか」

と返ってきました。隣の男性記者に対して「淋しい商売」と言ったのを「私が淋しい」と誤解されたのでしょう。でも怖くて、私はそれが言えません。ついでに、なぜいつも公衆電話なのか尋ねてみると、

「若い衆のおる前で、『元気か？』なんて優しいこと言えるわけねえだろ」

と言った途端、かわいすぎて、私は吹き出してしまいました。おかげで、

「バカやろう！」

と怒られましたが、電話は、その日を最後に終わりました。クールなイメージが崩れてしまったからでしょう。いつもイケイケのクールな親分でいなければ若い衆に失望されます。だから「○○組総本部」事務所をこっそり抜け出して、すぐ前にある公衆電話から一

般人の私に電話を下さっていたのだと思います。それにしても強面のイケイケ親分が、十円玉を一枚握って、こっそり組事務所を抜け出し、キョロキョロコソコソしながら電話をかけるシーン……想像しただけで、かわいくて笑いが止まりません。イメージを維持するって、本当に大変なんですね。

クールを装う辛さ

クールな俳優に顔が少し似ているせいか、服装から表情、歩き方まで、その俳優に似せている社長を取材したことがあります。お金に余裕があるので、その俳優が好んで着ているブランド店にも頻繁に出入りして、俳優の買った服と同じ物も必ず買って着ていました。

社長への取材は一度だけでしたが、その後も、都内のホテルのラウンジなどで偶然会うことが重なりました。その時もやっぱり全身、その俳優に似せてクールに振る舞っていました。私は、その俳優に対談でお会いしたことがありますが、社長も、角度によっては、その俳優本人に見えることがあるくらい似ていたのです。

有名人や俳優に似ていて喜ぶ人と迷惑がる人がいますが、その社長の場合は、だんぜん喜ぶほうです。なんせ相手は芝居上手な人気俳優です。周りもよく心得ているので、挨拶代わりに、「俳優の○○さん、そっくりですね」「いやあ、○○さん本人かと思いました！」とか、褒めてはごまをすって、社長のご機嫌をさらに持ちあげていました。

ところが、その大物俳優が、病気かスキャンダルかで突然映像世界から姿を消しました。数年後、ブラウン管に現れた姿は、体型も崩れ、クールでもなんでもない、ただのおじさんでした。困ったのは、その俳優に似せてクールにし続けていた社長です。○○さんのようにクールにという、日々の目標を失ってしまったのですから。

自分の目指すべき姿を失った人は弱いものです。自分らしく生きようとしても、ある意味、ずっと○○さんのようにと自分を見捨ててきたので、どれが自分らしいのか、今、自分がどうしたいのかが、わからないのです。

結局、その社長も、クール路線を捨て、というか、社長一人ではクールになりきれず、ただの親父になってしまいました。今では、人気俳優に似ていた欠片《かけら》も存在していませんが、何か楽そうです。クールな俳優を意識しすぎて、それが重荷になっていたのかもしれません。

単に自分が一番大切

ハードボイルド的なクールな男性は、実はお茶目でシンプル、取り扱いがかえって楽なのですが、やっかいなのは、心そのものが冷たい男です。

愛人が妊娠したと告げると、「俺の子か?」と、まず聞く男。不倫相手の前で、自分の妻の話を普通にする男。病人相手に口先で挨拶代わりに「お大事に」と言う男。後ろに人が続いているのにドアをバーンと閉める男。困っている人を無視したり、邪魔だと捨て科白を吐いていく男。階段で後ろから押したり足を蹴ったりして知らん顔している男。いつも人との関わりを避けて、目線も心も横を向いている男……。

この世の中、人と感情を分かち合えなかったり、人の気持ちのわからない冷たい男がいっぱいいます。特に今、科学が発達して、便利なスマホに依存する人が増えてきた分、人の心の中から思いやりの気持ちが減っていってしまいました。顔が優しそうなので、心も優しいと思っていたら、優しいのは実は顔のつくりだけ。容姿と一致しない心の冷たい男もいます。

といっても今どきの冷たい男は、自分を犠牲にしてまで徹底してクールなわけではなく、単に自分自身が一番大切で、他人には興味がないって人が多いんです。

優しい顔をしているので、優しい人と思ってつき合い始めたら、実は違っていた。誰もが「いい人ね」と褒めてくれるような男性なので結婚したけれども、実は「優しそうな人」という仮面を被《かぶ》った冷たい人だった……ということがあります。優しそうに見えた人なのに、実はDVをやっていて、「あんなよさそうなご主人が？」と、ご近所の人の驚いている証言は、事件になった時、よくニュースで報道されます。

あくまでも聞き手になる

自分には甘くて優しいくせに、人に対しては関心も思いやりもなく冷たい。そういう男と一緒に歩まなくてはいけなくなってしまった場合、いくら説教、説明、説法をしても彼は聞く耳さえ持ちません。自分のことだけであなたのことにさえ興味がないのですから。

でも、世の中には表と裏、いいことと悪いことなど背中合わせのことがいっぱいありま す。説教、説明、説法が効かないなら、その反対をやってやりましょう。

彼を喋らせます。あなたが喋るのでなく、あくまでも聞き手になって彼の話を聞いてやります。最初のうちは、

「もういいよ、うるさいから黙っててくれよ」

などと、冷たく言うと思います。でも本当に嫌がられる直前までは質問をして、彼に喋らせましょう。なんで喋らなきゃいけないのか、「話したくねぇよ」と文句を言うかもしれません。「自分のことはわかってるからいいよ」と、否定するかもしれません。でも、自分のことにしか興味がないのですから、彼自身に関わることを尋ねた時くらいは、めんどくさそうにでも多少は答えてくれるかもしれません。多分、あなたにとってはおもしろくもなんともない話です。でも、我慢と根性で下手《したて》に出てやりましょう。

そういうことが重なれば、あなたも彼のことをもう少しだけ理解してあげられるようになると思います。

冷たい男は、あなたと価値観が最初から違います。育ちも、生き方も、かなり違うので、あなたの価値観に彼を合わさせようとするのは無理です。

人に優しくできない人の多くは、愛情を知らなかったり、優しくされた経験や苦労の少ない、いわば気の毒な人だと思います。

その人が優しい人になってもらうのに一番手っ取り早い方法は、その人に何か大変なことが起こって、苦しみや悲しみを経験してもらうことですが、こういう人に限って、必要とされるような苦労は、うまい具合には起こらないものです。

女の子の少年院を取材していた時のことです。拙著『少女犯罪』（ポプラ新書）にも書きましたが、ある程度更生プログラムが進むと「観法」という自分を見つめるプログラムを受ける生徒たちがいます。三畳にも満たない小さな個室に一日中、一人こもって壁を見つめながら、少女たちが自分の過去をふり返ります。

五歳の時、お母さんが何を料理してくれたか、お父さんと、どこへ行ったか。六歳の時、おばあちゃんと、どんな話をしたか……など、それを夜、書き留めていきます。翌日、では七歳の時は……？　というふうに一週間くらい毎日くり返します。

一つ一つ思い出していくうち、少女たちは、実は自分が家族に愛されていたんだということに気づきます。家の中で会話が減り、自分の家なのに居場所がない、家族からいらない子だと思われていると信じてしまい、外に居場所を求めていった少女たちが、実は愛されていたと知った時、更生がさらに進みます。そして居場所のなかったはずのあの家に、一日も早く帰りたい！　もう大切な人たちに迷惑をかけられない……と、目標ができて前に進めるようになるのです。

愛されていた、愛されていることを知った少女たちは、人を愛することを学びます。

（いい大人なんか、世の中にいない）と、世間に対して冷ややかだったのに、人に対して思いやりを持てる少女に変わっていくのです。

とにかく期待しないこと

あなたの近くにいる冷たい男も、愛情を知らない人なのかもしれません。だから優しくしろと説教、説明、説法をしても、優しくするとは、どういうことなのかさえわからない。「優しさ」とは、彼にとっては意味不明な得体の知れないモノ。食べたことのないものの味を考えるようなものなのかもしれません。

なので、あなたが懇々《こんこん》と話して聞かせても理解不能と思います。だったら相手に喋ってもらいましょう。無理に喋らせる必要はありません。あなたがただそこに居ればいいんです。最初は、わずらわしいと思うかもしれません。でも、誰かがそばにいてくれることの快感や安心感を少しでも彼が感じ取ってくれるだけでいいんです。少しずつ少しずつ、時間はかなりかかりますが、人慣れしていけば少しずつ少しずつ人の心を取り戻していけると思います。彼は、心の何かが欠損していて、それが何か自分でもわからないどころか、それに気づけもしないという、やっぱり気の毒な男性だったんです。

でも、疎外されていない、人からめんどくさがられていない、孤立していない、わずらわしい時や、めんどくさい時も多いけれど、そばにいてくれる人がいると思えてくるようになれば、閉め切っていた心の扉も少しはゆるくなっていくかと思います。

冷たい心の彼に、人並みの思いやりや気遣いをしろと期待すること自体が間違いです。そういう人並みの心を持っていなかったことが、彼の個性です。

あなたにとって大切な人ならば、長い長い目で見て付き添ってあげてください。彼や夫でなく同僚など、私生活まで関わることのない人でしたら、とにかく期待しないことです。でも決して仲間はずれや、居ない者扱いせず、そういう個性を持った人だと解釈して、話しかけることをやめないであげてください。

空気のような存在になる

気遣いや思いやりは返ってこないものと、最初からわかっていれば、無視されたり、お礼一つ言われなくても、「あんなにしてあげたのに、やっぱり冷たい男ね！」と、裏切られた気持ちになることもありません。あなたが、好きでやっていることです。

もし万が一、彼が少しでも思いやったり気遣う行為をしてくれた時は、「今日はなんてステキな日でしょう！」と、いっぱい喜んであげてください。あなたは、もの凄く嬉しいと思います。彼は、人に喜んでもらった経験がないので、あなたを見て何ごとが起こったかと、一瞬びっくり顔をしたとしても、やっぱり冷たく無視のポーズを取るかもしれません。でも（俺、何か言ったかな？）と心の中がざわついているのは確かです。「彼は冷たい人間」と、切り捨てたり見捨てたりしない限り、きっといつか冷たい男も、優しさをありがたく感じる機会に出合えます。だって感情が彼にだってあるのですから、皆一緒です。

人は優しさという種を持って生まれてきます。普通は、子どもの時から慈悲の心を教えられ、優しさの芽が出て成長させていくものですが、心の冷たい彼の場合、優しさを習得できなかったため、成長が遅く、なかなか芽が出なかっただけのことです。期待しすぎると自分で自分が腹立たしくなります。期待をせずに、特に見返りを考えず、あまり一生懸命になりすぎず、あなたは、空気のように彼を取り巻いていてあげていてください。

根拠なくやたらと自信過剰

俺にかかったら落ちないヤツはいない

自信過剰な男！　いるんですよね、その辺にも。私自身は、あまり近づきたくないですが、取材をしていると、そういう人に出会うことが度々あります。最近は特に、株や仮想通貨やＩＴ関係で、若くして富を築いた人たちの中で、自信過剰な男が増えてきたように見られます。私の場合、仕事なので自信過剰男にも会わなくてはいけません。でも、その溢《あふ》れ出る自信に、いつもふり回されるので、会った後はグッタリ、そしてうんざりです。

自信過剰な男たちの中で、まず多いのが、「女にもてる」と過剰に自信を持っている男たちです。

この世のどんな女でもモノにできると自信を持っていて、何人もの女の間を行ったり来たり。しかも中には、その女たちから金銭的にもお世話になっていて、それを売り上げのように扱って自慢している男もいます。

（高齢になって孤立した、あなたの独りぼっちの姿を早く見てみたいわ）

と言いたい気持ちを一生懸命抑えながら、仕事なので、

「凄《すご》いわねえ。凄いですよね」

と、お調子を言っている私が自己嫌悪に陥ります。心身の健康によろしくありません。

新宿・歌舞伎町にある2部のホストクラブ（深夜から日の出までオープンするホストクラブ。この2部のホストクラブが当時の歌舞伎町では主流でした）を、「初回客」ですと千円ぽっきりで済んだので、50軒以上、全店を回ったことがあります。この結果いかんで、ホスト世界を取材するかどうか決めようと思っていたのです。まだ歌舞伎町で風俗産業が日本一さかんだった、おもしろい頃のことです。その結果、自信過剰なホストたちが大勢いるってことが、まずわかりました。

「女なんて、俺にかかったら落ちないヤツはいない」なんて自信をあからさまに態度に出して、お客は逃げていかないの？　と不思議でしようがなかったんですが、その揺るぎない自信に弱い女性たちも多かったようです。高いお金を払って、高いお酒を飲んでホスト

にも飲ませて、なんで「お前」なんてホストに呼ばれて笑っていられるのかしらと、眺めている私が一人、腹立たしくてカリカリしていました。

だから、そういう自信過剰のホストたちと私とは、全く会話が成立せず、どの店へ行っても私のいる席だけがいつもしらけていました。

自分は仕事ができる

テレビ局や大手出版社の社員、それから医師や弁護士など「し」のつく職業の男性たちは、いつの時代も花形職業で、女性にとてももてます。

熟年婚活パーティを取材していた時、七十歳の男性が自己紹介の時、「私は医師です」と言っただけで、女性がいっぱい寄ってきて、「先生、先生」と、ついて回っていました。「し」のつく職業の人は、年齢を問わず女性が寄ってくるものだと、再認識しました。そして中には、女に不自由していないので、風俗のように電話一本で女を呼んでいる男たちがいるんです。よっぽど暇なのか、深夜でも、知っている女性に連絡をしてきて、

「今からウチに遊びにこない？」

と、誘っているのです。テレビ局に勤める男や芸能人の部屋に深夜に行って、何を遊ぶ

のかと思いますが、昼間でも特別に会ったことさえないのに、誘われて行く女性がいるんですよね。だからまた男が「俺が声をかけたら、いつでも女は喜んで来る」と、自信をつけちゃうんです。本当は、仲よくしておけば何かテレビの仕事をくれるかもと、女性にこそ下心があるんですが。こういう男性が仕事をちゃんとくれるとは思えません。

一流出版社で働いている男性が、「写真を撮ってあげるから」と声をかけると、ついていってしまう女性がいます。きれいに撮ってもらいたい、あるいはグラビアアイドルになりたいといった下心からついていくのに、男のほうは「やっぱり俺は女に不自由しない」と、ますます自信をつけちゃいます。こんな自信なんて、なんの役にも立たないんですが、こういう自信過剰男の餌食になって、何人かいる女の一人、ワンオブゼムにされちゃったあなたは、大変なことになります。

また、「自分は仕事ができる」と、自信を過剰に持っているタイプは、アメリカ人にも多いようですが、こういう男たちは、「できる」アピールが凄いんです。できようとできまいと、まずアピールから始めるんです。それを信じて採用したけれども、口先だけで全然中身が伴っていなかったと判明した時には「後の血祭り」です。採用してしまったほうは、だからといってすぐに切ることもできず、大変な損害になります。

「空自信」の男とどうつき合うか

中身が全然伴っていなくて実力もないくせに、自分はできると過剰に信じきっている男はこの世には多く実在しているんですが、本当に迷惑です。たしかに「できる」と信じて、まっすぐ進んでいくことは大切なことです。仏教用語でこれを「不退転《ふたいてん》」と言います。目標を定めて、それに向かって努力を重ねていけば、きっと願いは叶うと思います。

でも、自信過剰な男たちは、中身を磨く努力を怠《おこた》って、空《から》自信だけをいっぱい持っているから、やっかいなのです。この空自信は、ちょっとやそっとでは、なくなりません。

さて、そういう自信過剰な男を好きになってしまった、あるいは結婚してしまった女性は、どうしたらいいでしょうか。

「自分はできる」という過剰な自信から、ある日突然、会社をやめて「事業を始める」、「あの会社は俺を使いこなせない」とか、言い出すかもしれません。

「これからの生活、どうなるの？」

と聞いても、高尚な自信に溢れていますから、返ってくるのは、「俺ならできる」「大丈夫だから」「まあ、見ててごらん」といった自信に溢れた言葉だけ。でも、その「大丈

夫」の根拠は全くありません。つまり、

「君がもちろん助けてくれるから、俺は大丈夫なんだよ」

という意味でもあるのです。

自信過剰な男には、挫折してもらうことが一番のお勉強になりますが、ちょっと足をひっかけてやっただけで、すぐに躓《つまず》き倒れて、しゃがみ込んだまま立ち上がれなくなります。本当は空自信だということを本人が知っていれば、まだ挫折させて学んでもらうという方法も効果がありますが、本人だけが空自信ってことを知らないとなると、もう手に負えません。その手に負えない男が、あなたの彼（夫）なのです。

自信過剰男は、本気で自分が天下を取っていると信じています。自分がナンバーワンで、溢れる才能を持っていて、誰もそれを抜くことはできない。今ナンバーワンとして頭角を現していないのは、たまたま自分の存在がこの世に知られていないだけ。発掘されていないからだと、自信過剰男は本気で信じています。

自分はできる。だから自分を使わないのは企業や日本の大きな損失であり失敗である。よし、アピールして自分のことを皆に教えてやろう……と。

あなたや周りが否定したり説得したところで、彼はそれを受け入れません。否定されたのが自分のこととは、露ほども思っていないので却下です。

彼が熱く語る「夢（だけの）物語」をあなたは心の中で（絶対無理。実現するわけがない）と思っているでしょ？　けれども、それは絶対に声に出して否定しないでください。心を読まれますから、顔に出すこともダメです。

あなたは、彼の一番のファンであり、彼の自信を気高く評価している一番の女性ですという設定です。

「そうよね、あなたなら絶対できるわ」

と、同調して、心から「あなたならできる」と信じているフリ、フリをしてください。


「あなたならできる」


でも、そんな空自信家《から》の言っていることがうまい具合に実現するわけないじゃないですか。だから本当のあなたの心の中は、自信過剰な彼の言うことなど全く信じちゃいけません。

うまくいく、彼の夢が叶う、と嘘でも信じて期待してしまったら最後、実現しなかった時の失望感が大きすぎます。期待どころか全く気に留めもせず聞き流しておけば、うまくいかなかった時のショックを背負わないで済みます。

しかしながら、彼の前で一切これを出してはダメです。たとえ一二〇パーセント期待しないでいても、顔や体の向きや喋りなど、彼から見える部分すべては、一〇〇パーセント「彼ならできる」「彼に心から期待してます」「彼だからこそできる」と一生懸命、パフォーマンスをしてください。

「あなたならできる」

あなたのこの言葉は、とても重要です。彼こそが、「自分だけは絶対にできる」と信じて疑っていないのですから。

それで万一、〇・〇〇〇一パーセントの確率で、実現できちゃった場合、

「ほら！　やっぱり私が言った通りでしょ？　あなたならできると思ってた」

と、あなたも彼も大喜び。誰もあなたをお調子者と呼びませんから、安心して彼からの恩恵を受けてください。でも、これは宝くじに当たるようなもの。普通はうまくいかないものです。ただ一人、この不成功が信じられない彼は、きっと他の人やことのせいにすると思います。それは彼を余計に小さく、哀れに見せることになってしまいますが、そういう自信過剰な彼を好きになったのだから仕方ないですよね。

（小っちゃい男）と、心の中で笑いながらも、再び真剣な表情で彼の手を握ったりして、

「そうね。ほんとに、かわいそうな人たちよね。あなたのことを見る目がなかったんだから」

などと、彼の愚痴に、大袈裟《おうげさ》なくらいピタリと心を合わせてやってください。

とはいうものの、自信過剰で、うまくいかなかったことを人やもののせいにできてしまえる人なら、それほど傷ついてはいません。自分に能力がなく、自信に頼りすぎて努力不足だとは思っていないので、反省もしません。うまくいかなかったのは、一〇〇パーセント自分以外の人やもののせい。だから立ち直りも早く、相手や状況が変われば、今度は絶対に自分の思う通りになると、また空自信をつけていくのです。

名演技で、バレない嘘を

「裸の王様」は、本当に独りぼっちになっても、裸の王様だと思っていません。過剰な自信は、生き続けます。その時に、あなたがあわてて離れようとしても、彼は自分のせいだとは思っていないので、別れる理由が見当たらず、別れてくれません。別れたいのなら、彼が自信を持っている夢（だけ）の結果が出る前にサヨナラしたほうが円満にいきそうで

す。

「あなたなら絶対できるけれど」

と、やっぱりけなさず、非難したりせず、親の病気で田舎へ帰るとか、お見合いしなくちゃいけなくなったとか、なんとかかんとか理由をつけて離れるのは、そんなに難しくないと思います。彼は絶対的な自信を持っているので、あなたが自信過剰すぎる彼に愛想が尽きて実は離れていくのだとは、想像さえつかないからです。彼は、あなたが自分のことを愛していて必ず戻ってくると、それでも自信を持っています。

自信過剰男は、あまりに自信過剰なことばかり言って、結果が伴っていないのに、勝ち誇った顔をしているので、時々、ぶっつぶしてやりたくなりますが、ここは我慢です。絶対、けなしたり、否定をしてはダメです。一枚も二枚も上手《うわて》をいく、あなたのプロ並みのお芝居で、心と裏腹のことを言って、彼に「信じる道が正しい」と信じ込ませてあげてください。くれぐれも名演技をして、ばれない嘘を最後までつき通してあげてください。

「別世界」の人です

アメリカに住んでいた頃、できないくせに、それでも「できる」と言うほうがいいのだ

と聞いたことがあります。就職の面接試験などで、

「自分は～ができる。これもできる。こういうこともできる」

と、できなくてもアピールをしたもん勝ちだと聞いてびっくりしました。こういうアピールに、すごい期待を抱き、私も取材のお手伝いをアメリカ人にお願いしたことがあったのですが、その人が、口ほどにはできないことがあまりに多く、そのくせ金銭要求は、できなかった分まで堂々と請求してきて、大失敗したことがあります。

ところが彼らに言わせると、「自分ならできる」と声を大にしてアピールすることによって、成功が近づいてくるのだと。

「でも」と言いたいことは一〇〇以上ありましたが、気高い気高い自信をくじくようなことを言ったら、一〇〇倍になって返ってきそうで、あとがめんどくさいので、私は笑って聞き流すべきと学びました。

自信過剰な彼や上司には、信じる道を勝手に行っていただき、「あなたなら絶対できます」と、思ってもいない言葉を言ったそばから、あなたは背を向け、こっそりと自分のやるべきことを始めてください。大きな自信の裏で、あなたがコツコツとフォローしてあげなくてはいけない仕事が、たくさんあると思います。

相手が彼の場合、あなたは真剣な顔をしながら耳では聞き流し、実は彼には全く期待をせず、あなたの日々しなくちゃいけないことをサッサとやってください。結果を待ってから行動するより、結果はわかっているのですから、今すぐ動いたほうが得策です。

私は、自信過剰な男の鼻をへし折ってやりたいと、心の中でいつも思っている一人ですが、彼らは地に足のついていない、いわゆる「別世界」の人です。別世界の人に腹を立てたり競ったりしても、「この世界」にいるあなたが疲れるだけです。彼は疲れません。あなたは、しっかりと地に足をつけ、一歩一歩あなたの人生を歩んでいってください。

そういう自信過剰な男は、心が安定していないし、これでいいという満足感がいつもないので、さっさとあなたを捨てて、次の女へ移るかもしれません。そういう薄情な男だからこそ、やっぱり尽くしすぎず、口先だけで、でも真剣に「あなただから……」と褒めておくにとどめておいたほうが、あなたがふり回されず、被害が少なくてすむと思います。

もし、この自信過剰男がお店をやっていて、お客と会話をしたら、リピーターは少ないことでしょう。どんなにお料理がおいしくても、自信過剰な自慢話ばかりでは、「あのマスターさえいなければね……」と、どんどんお客が笑いながら逃げていくだろうってこと、あなたならよく知っていますよね？

なんでもかんでも賭ける

デートはギャンブル場

「道を曲がって最初に現れるのは男か女か百円賭けよう」「今夜のプロ野球、どっちが勝つか千円賭けよう」「何を食べるか、コインの表か裏で決めよう」「前に座ってる人が、どの駅で降りるか、今日の晩飯賭けよう」……とにかく賭けることが大好きな男がいます。子どもの頃から、とにかく賭けごとが好きで、普通なら目に留まらない日常のことまで賭けごとの対象にしてしまう。そういう男は、我慢できずになんでも賭けちゃうので、隠していても「バクチ好き男《お》」だと、すぐにばれてしまいます。

日常のギャンブルだけなら、まだかわいいものです。実は「バクチ好き男」は、これだけですまないから大問題なんです。競馬、競輪、競艇、パチンコ……これらは、遊びの範囲内なら楽しいでしょうけれど、バクチ好きが高じて、プロフェッショナルな「賭け師」や、ギャンブル依存症になるほどはまっていく人がいるから、取り扱い注意なんです。

　本当は、（この賭け方、普通じゃない）と思った時点でおしまい。三行半《みくだりはん》を突き付けるべきだったのに、賭けごとをする人は、常に賭けごとをして頭を鍛えているし、口達者な人が多いので、女性はコロリと騙されて（おもしろい）と、好印象を持ってしまうのです。

　そのうち、デートはというと、常に競輪、競馬、競艇場、ゲームセンター、パチンコ店……と、ギャンブルのできる場所を連れ回され、それが当たり前のことになっていきます。違法の闇賭博場へ連れていかれるかもしれません。

　熱狂的なギャンブラーは、食事をする時も飲んでいる時も、常に賭けごとの話ばかりで、まともな会話は、あまりしません。その上、負けた場合、機嫌は異常に悪いし、周りに当たりちらすし、暴力をふるうし……と、いいことが、どんどんなくなっていきそうです。

　そんななか、「金がない」と食事代を出ししぶったり、「千円貸して」「次のレースで取れたら返すから一万円貸して」ときたら、これはもう決定的です。「ギャンブラー」や「バクチ打ち」といえば、映画の世界みたいで聞こえはいいですが、実はただの「ギャンブルにはまっている男」です。

断るという選択がない

ギャンブラーは潔《いさぎよ》いので有り金すべてをギャンブルに使っちゃいます。勝っている時は、まさしく「左うちわ」ですが、負けが続くと、一気にお金に不自由します。それでなくても今は、簡単にカードが作れたり、スマホで借金ができる時代です。あちこちのカード会社や、友人、同僚に借金しまくっているかもしれません。

その上、麻雀《マージャン》など賭けごとに誘われると、ギャンブル好きは断るという選択がないので、デートや大事な用事をドタキャンしてでも、好きな賭けごとのほうへ飛んでいってしまいます。賭けごと中は、罪悪感など湧きません。いったん始まったら、時間に関係なく賭けごとに熱中するので、寝ないで仕事に行くことも……。とにかく心も体もお財布も不健康です。

競輪や競馬、競艇、パチンコなど、国で認められているのですから、けっして悪いわけではありません。おしゃれな大人の遊びの一つです。競輪選手や競艇選手、そして競馬騎手も一流中の一流で、大手パチンコ店で働く人々も、教育を十分に受けた一流のサービスマン（ウーマン）です。ところが、依存症になるくらい夢中になりすぎると、身をほろぼす、とても危険な遊戯になってしまうのです。

ギャンブル好きと、ばれた時からでも遅くはありません。別れるか、とことんつき合うか……自分で自分の決心を強《し》いられます。女性もギャンブル好きだったら、うまくいくかもしれません。でも楽してお金は稼げないものなので、いい時は長く続きません。そして、すぐに二人の身に破滅がやってきます。

私は取材で何人ものパチンコにはまっている主婦を見てきました。その多くは、手持ちのお金がなくなると店から出て、パチンコ客相手に売春や、その辺でサッと、ヘルスのまねごとをしたりしていました。それでもパチンコがやめられない。夫を仕事に送り出したら、店へ直行する毎日です。素人の売春ですから大して稼げるわけではないし、玉の出ている客に声をかけまくっていれば、噂《うわさ》も広まってしまいます。それで、次に彼女たちに寄ってくるのは、即座にお金を貸してくれる違法な高利貸です。

彼がギャンブルで作った何百万という借金を代わりに返すため、風俗に行ったOLを私は取材で何人も見ています。こういう場合、彼女の責任感が強くて風俗へ行くのですが、男のほうは相変わらず働かず、ギャンブルをしてブラブラしています。あなたも彼と一緒に、とことん堕《お》ちていきたいですか？　崖っぷちの人生、そんなに魅力的ですか？

極道の組長と博才のある姐さん

『新・極道の妻たち®』の取材で、私は、凄い博才《ばくさい》のある姐《ねえ》さんに出会いました。彼女は一切ギャンブルをやりませんが、夫である組長は、大の大のギャンブル好き。バカラをやって、当たれば何百万円ですが、一晩で二、三百万、多い時は一千万円をすってしまうのだそうです。それでも夫は、いつものようにガハハと笑っている。お金のやりくりは全て姐さんです。そもそも専門が薬《ヤク》の元締めですから、大きな薬の取引を成功させられるか失敗するか……つまり逮捕されるかされないか、取引先が持ってくるのは、ニセモノの薬か本モノか……。これらも大バクチです。

姐さんは、夫が覚醒剤を取り引きして稼いだお金をチョコチョコとごまかしては、タンス預金をしていました。夫がバクチでスッカラカンになると、そのタンス預金からお金を出して助け……。

ところが、そんな華やかな生活も、永久に続くわけではありませんでした。ある日、問題が起こって破門《はもん》になった夫と姐さんは、ほとんど身一つで逃亡することになりました。

大阪の裏社会で必死に働き（といっても薬の売人をやってですが）、東京での復帰を狙っていた組長でした。そうして、ようやくあと少しで復帰できそうという時に、これまで断っていた競艇に行って組長が八百万円もすってしまったのです。組長はまた、悪びれずにカラッと笑っていたそうです。

一方、絶望的なショックを受けた姐さんは、全財産三百万円を持って、一人で競艇場に行きました。バクチはしない姐さんですが、勘が組長よりはるかに鋭いのです。六レース目で当てて、持ち金が一千万円になったところで、スッパリとやめて帰ってきました。夫の前に札束を見せて「もうやめてください」と言ったまではかっこよかったのですが……。

組長は、また競艇で、七百万円もすってしまっていたのです。

「もうだめだ……と頭にきたけど、『俺のことはもういいから、お前はお前の人生を送れよ』と言われちゃうのがイヤで、強く怒れなかった」

と、姐さんは、言いたいことを呑み込んで、何も言わないでいました。すると組長が突然、

「自分のバカさ加減に、いい加減呆《あき》れた」と、自分で自分のことを怒り始めたのです。これでやめてくれると、姐さんが内心喜んでいたら、とんでもない。次に夫の口から出てきたのは、

「明日を最後にするから、もう一回だけやらせてくれ」

だったのです。ここまでくればギャンブル好きどころか、ギャンブル依存症です。それでもノーと言えず、結局、姐さんは二百万円だけ渡しました。二百万なんて、ケタが普通じゃないですよね。

ところがそのお金を元に、夫は一千万円を取り戻して帰ってきたのです。あまりいい例ではありませんが、なんでも必死にやればできるものなのですね。組長はその日を最後に、バクチ一切をやめたそうです。

唯一、仏像一体が残ったが

こんな不安定で怖いギャンブラー生活なんて、誰も一緒になんかしたくありません。金額が少なくても多くても、容赦なく、それが一瞬で消えるわけで、想像するだけでも怖すぎて震えちゃいます。

あなたがギャンブラーのような上り下りの激しい人生を送りたいのなら別ですが、自分がギャンブル好きでなければ、そんな浮き沈みの激しい人生、あえて望むでしょうか？

他にも、取材で出会ったギャンブル好きな男性ですが、競馬で勝っているうちは、飲んで遊んで派手に暮らしていました。ところがそのうち運を使いすぎたのか、負けがどんどん嵩《かさ》んで、ついに持ち家のマンションまでも売り払ってしまったのです。金の切れ目が縁の切れ目、美しく若い自慢の彼女も一瞬で逃げ去りました。どうやらこういう日のために、日頃からいろいろと、その男性のお金をちょろまかして自分の懐へ移していたようでした。元妻と別れたのもギャンブルが原因でした。

その人の死後、莫大な借金以外に仏像が一体残りました。扱いに困った、その人の遠い縁者さんから、私のもとに仏像が来てくれました。（きれいな仏様！）と感激していた私ですが、実はその仏像は、メイド・イン・チャイナのプラスチック製だったのです。「勝負の仏様」を高い値段でギャンブラーに売りつけた某お寺の住職のほうが上手《うわて》だったわけです。そのバクチ打ちは、偽仏像に「仏頼み」をしていたようです。

常に「他人の関係」をキープする

ギャンブルが大好きな男は、やっぱりギャンブルをやめられません。その彼と、どうしても別れたくないのなら、そしてどうしても一生、共に歩んでいきたいのなら、今のうちに、とことん奈落の底に堕ちといてもらいましょう。中途半端な堕ち方ではダメです。彼が、ちゃんと学習できません。

クレジットカードも保険証も、車の運転をしないのなら免許証までも、全部取り上げます。これらでお金が簡単に借りられるからです。他にもお金に替えられるものは、すべて没収です。無理かもしれませんが、スマホもあなたが管理すると言ってみてください。ねだられても怒られても懇願されても殴られてでも、お金は絶対に渡しません。でも殴られたら、そうまでしてこの人と一緒にいる必要はないと、自分でも愛想が尽きるでしょう。

ギャンブルをすること以外は、浮気もしないし、本当に何一つ文句なくいい人だと、よくギャンブル男の彼女は言います。でもギャンブルのことがあるから、結婚に踏み切れないでいるのではありませんか？　いつかギャンブルをやめてくれると期待しすぎていませんか？　今日やめられないものは、明日も一年後もやめられません。家の一軒や二軒買えるだけのお金を全てギャンブルでスッてしまう人生を共に歩くなんて、涙も出ないほど憐れです。別れる勇気を持ってください。

ギャンブル依存症は病気の一種ですから、あなたには治せません。医療機関や行政の相談所など、プロフェッショナルな方々のサポートなしでは、無理です。相手の博運《ばくうん》がツイているいい時期のみ切り取ってつき合えば、それなりに楽しめるかもしれません。でも、あくまでも「つき合うだけ」です。つき合うだけと割り切って、結婚も同居もやめておかないと、あなたも道づれで奈落の底へ、一瞬で落ちてしまいます。ギャンブルは、賭けるほうでなく、営むほうが儲かると決まっているのですから。

あなたが努力して一生懸命貯めてきたものすべてを彼とギャンブルに盗《と》られ、一瞬で「無」にされるかもしれません。「体で稼いで代わりに金を払え」と借金取りや彼に言われないよう、常に「他人の関係」で一線をキープしていてください。「代わりに体で稼いでくれ」とお願いしてくるような男は、借金を返し終わって晴れてあなたと約束通り結婚するかといえば、しません。彼が結婚する女性は、風俗で働いたことのない女性です。そういう男なんです。利用されて、心も体も傷つくのは、あなただけです。だから一線を引いて、そんな彼のために自分を犠牲にしてやる必要は全くありません。

お金を出さないので、あなたは口も出しません。でも、博打に勝って彼がご機嫌な時だけは、これまでつき合ってやったお礼と解釈して、遠慮なくごちそうになっておきましょう。めったにあることではありませんから、そういう時は、貸しているお金を、たとえ少しだけでもついでに返してもらうことを忘れずに。

風俗なくしては生きていけない

風俗を「完璧」に楽しむ

「風俗が大好き」という男性は、いっぱいいます。彼女や妻にばれないところで、風俗通いをしているのは、若い男性だけではありません。六十歳以上の男性も、とてもおさかんで、杖をついてでも通っている八十代の男性もいます。中には、女遊びは一切してこなかったのに、年金暮らしになってから風俗デビューをして、はまってしまったという男性もいます。

私が仕事で出会った四十歳の男性は、風俗が特に大好きで、全国の歓楽街の風俗を網羅しようと頑張っていました。たとえば○○県○○市の風俗に一軒行けば、それでその市のノルマ達成。自分で作った風俗日本地図に赤印を入れます。

営業職なので、全国に仕事で出向いたついでに行けるという、風俗好きにはもってこいの職業です。残りあと数十ヵ所とか言って自慢をしていましたが、達成できたかどうか、今は交流がないのでわかりません。風俗のことを語る時、典型的なおじさんっぽい彼の顔がいつも輝いて、ニコニコ顔になっていました。よっぽど風俗好きなのだなと思いました。

でもその人は、いい仕事をしますし、家に帰ると、小学生の子どもと一緒にキャッチボールをするような、いいお父さんです。妻とは盆正月だけしかしないセックスレス状態だそうですが、関係は決して悪くありません。元同僚の妻は、結婚前から噂でうすうす風俗好きと知ってはいたようです。でも、証拠が見つからないから、何も言うことができないんだと、その人は笑っていました。実は教育熱心な妻は、出張中の夫が何をしているかなんて考える暇も興味もなく、子どものことに追われていたようです。

その男性は「風俗が好き」という嗜《し》好《こう》を完璧に楽しむために、どんなに良くても同じ店には二度と行かないと決めていました。同じ店で同じ娘《こ》を指名していれば、情が入ってきます。楽しいだけですめばいいのですが、執着したり、嫉妬心が出てきたりすると、楽しいだけですまなくなります。だから二度と同じ店に行かず、「遊び」に徹しているそうです。

店側や女性からみたら、(なんてヤツ!)と思う面もありますが、あくまでも遊び。風俗嬢と客とのきれいな距離感を保っています。

風俗で働く女性も「楽しんで遊んでいってもらいたい」「指名を増やしたい」と思って頑張って働いているのであって、彼氏や将来の夫を見つけるために働いているのではありません。だから利害関係が一致するのです。

「風俗は浮気、不倫ではない」

風俗は浮気? どこまでが浮気か、そのボーダーラインは一人一人によって違うと思いますが、風俗に通っている男性は、素人さんに手を出しているわけではないので、浮気と思っていないようなのです。

でも女性の多くは、風俗を浮気と考えます。風俗という仕事や風俗嬢に対して毛嫌いしている女性も少なくありません。でも風俗は、不倫のように夫を奪われる心配はなく、考えようによっては安全な遊びだと私は思うのです。

「風俗好き男性」は、恋人ができても結婚しても高齢になっても、きっと一生、風俗遊びが好きで、風俗通いをすることでしょう。

一般的な「風俗好き男性」は、前述の風俗全国制覇目標の男性と違って、お気に入りの店や女の子を指名して通います。とても楽しそうです。大歓迎してもらって、彼女や妻にできないようなことが、そこでさせてもらえるんですから。

「風俗好き男性」は、風俗は不倫や浮気とは違うと思っているので、あまり罪悪感がありません。むしろ責任を取らなくていいので健全、安全な遊びと開き直っているかもしれません。今は人間関係が密接でなくなってきたので、こういうことはまずありませんが、昔はよく、上司や先輩が、後輩を風俗に連れていってやったものです。また、取引先の方をソープランドなどにお連れする風俗接待もよくありました。

お金を払えば

私は、愛人や不倫中の男性について、百人単位で相当な人数の取材をしてきました。その中でわかったことですが、男性は、お金を払えば、わずらわしいことに巻き込まれないと解釈しているようだということです。つまり、お金のやり取りによって恋愛関係が成立しなくなり、結婚など責任を取らなくてすむと、都合よく解釈しているのです。お金をかけない浮気は、対等になってしまうため、相手から真剣に迫られる可能性が十分にあると……。もちろん今は、お金もないし真剣でもないし、それでも、あわよくばただで浮気をしようとするお調子者でケチな男性も多いようですが。

お金を払わないと遊ばせてもらえない風俗も同じで、風俗好き男性たちは、お金を払うことで一線を引いていると解釈しているので、不倫のような罪悪感を抱いたり、ゴタゴタになる予感でビクビクすることも起こりません。

だからこそ、抜けているところが数々あって、店を訪れるたびに押してもらえるスタンプカードや割引券など、風俗好きの証拠が簡単に妻や彼女に見つかってしまうのです。今なら、カードなどの紙類でなく、おそらくスマホの中に、それらのお得情報が入っていると思いますが、スマホを見られたら、やっぱり簡単に見つかってしまい、当然、こっぴどく怒られます。

妻がエッチに応じてくれないからと、六十歳をすぎてから風俗デビューした元カタイ系公務員の男性も、スマホの履歴から簡単に妻に見つかってしまい、烈火のごとく怒られました。それでも止まりません。お金を払えば、自分のタイプの若い女の子に遊んでもらえるのです。楽しくて楽しくて、また隠れて風俗通いを繰り返しています。

でも風俗遊びは、やっぱり遊びなのです。水商売の女性と違って、体一つのサービスで勝負する風俗嬢に、彼や夫を奪われてしまうという危険性は、ほとんどありません。

だから、夫や彼を風俗に奪われるのでは？という心配は、まずいりません。風俗嬢は、妻や彼女が考える以上にプロフェッショナルです。恋人や大事な人かと、男の人が錯覚するくらい大切に接してくれるものの、彼女たちにとってお客さんは、あくまでもお客さんです。

プロフェッショナルな美人たち

私は何百人という数の風俗嬢を取材しています。さらに、「プロの風俗嬢ができあがるまで」を知るために、吉原（東京台東区、吉原遊郭のあった地区）のソープランドでの講習を取材したこともあります。

もとソープ嬢の先生が、二人の新人ソープ嬢を相手に、お客様が個室に入ってからのサービスをずーっと丁寧に一つ一つ教えていきます。三人とも全裸です。彼女たちにとっては、一瞬たりとも気を抜ける時間はなく、ずーっとサービスです。そのサービスの技は、とても難しく、かつ繊細で、お金をもらうことの大変さを驚きとともに知らされました。

また広島の有名なデリヘル店の協力を得て、そのお店の超高級デリヘル嬢から一般レベルのデリヘル嬢までを取材させてもらったことがあります。熟女から二十代までの女性が大勢働いていましたが、一般レベルのデリヘル嬢でも、本当にきれいな女性ばかりです。

超高級デリヘル嬢になると、女優やモデルさん並みのきれいさです。放っておいても男性が寄ってきそうな女性たちなのに、お客様に喜んでもらい、次にリクエストがかかるよう、自分なりに一生懸命サービスを考えて頑張っているのです。至れり尽くせり。だから風俗好きな男性は、はまってしまうのでしょう。

とにかく思いっきり怒る

とはいえ、「ならば風俗なら行ってもいい」と、自分の彼や夫が風俗通いをすることを容認するわけにはいきません。

「風俗好き男性」にとって風俗は、楽しくて、あとくされない夢のような別世界です。だからといって妻や彼女である以上、それを認めてあげるわけにはいかないのです。ただの友達なら関係ないので、風俗嬢は所詮仕事、笑って風俗容認もできるでしょうが……。

割引券やスマホに入っている風俗店情報などを見つけたら、遠慮なく思いっきり怒ってやりましょう。怒ることが嫌いな性格でしたら、芝居でいいので、とにかく真剣に大袈裟に怒ってやってください。それが愛の証《あかし》になるんです。笑ってサラリと流してしまったら、彼や夫は、(好きなことをしていてなんにも言われないいってことは、愛されていないないのかな?)と、かえってショックを受けてしまいます。

いっぱい怒って謝らせ、「もう行きません」と、約束をさせましょう。かわいいものです。それでもまた、コソコソと行くのですから。それでばれたら、またお仕置きしてやりましょう。

風俗に行かれるのが、どうしてもイヤなら、お小遣いをカットして、風俗に行くお金がないようにしてやってください。それでもヘソクリを使ってコソコソと行くでしょう。けれども、あなたが何をしても、彼や夫のほうから去っていくことはありません。妻や彼女あってこその風俗遊びです。楽しく遊んでいられるのは、しっかり者の妻や彼女がいてくれるから。つまり甘えて安心しきっているのです。

どこかで「悪いことをしている」意識を持って、それでも大好きな風俗に行ってしまっているわけなので、(風俗行ったな)とわかった時は、チャンスです。何か欲しかったものを買ってもらいましょう。おいしい物を食べにいきましょう。家事を夫(彼)にやらせてもいいし、女友達との旅行もＯＫです。文句など言えるはずがありません。風俗へ行ったことがばれても、ばれなかったとしても、罪悪感があるので、風俗好き男は、ペナルティを払わずにはいられないはずです。

また、男性は、お金を払わされることによって、風俗へ行ったという罪悪感が減り、心が軽くなるものです。この件は、これでもう終わったと都合よく解釈して、一方的に終わったつもりでいるのです。本当にお調子者ですよね。女性はといえば、そんな簡単に忘れられるものではありません。頭にきたらもっとペナルティをつけたり、罰ゲームをさせたりしましょう。

「風俗ごっこ」を誘ってみる

一方、「彼が風俗通いするのは、私とのエッチに満足してないいんだわ」と、マイナスに考えるのは、大間違いです。

相手の女性はプロフェッショナルです。うまくて当たり前です。そんな風俗でやるようなことを家で毎度毎度、あなたとしていたら、彼は力尽きて倒れてしまいます。家はくつろぐ生活の場です。穏やかな営みが一番です。

不倫の取材をしていた時、不倫中の男性も女性も、よくこんなことを言っていました。

「外だからこそ、激しいことや、アブノーマルなこともできる。もし、それを家に持ち込んだら、『どこで覚えてきたの！』と、ばれて、えらいことになる」

風俗嬢にライバル意識を燃やすもんじゃありません。世界が違いすぎます。

でも、もし「昼間は淑女のように、夜は娼婦のように」という女性に憧れを持っているならば、「風俗好き男性」とのエッチの最中に、

「風俗で働く女の人って、どんなことするの？」

と、けしかけてみてはどうですか？

「そ、そ、そんな……。風俗なんか行ったことないけど……」

と、「風俗好き男性」はドキマギして嘘八百を言いながらも、図に乗って自分がしてほしい技をリクエストしてくるかもしれません。

それとも「風俗ごっこ」をして、あなたも遊んでみますか？

「風俗ごっこしてみない？」

と誘ってあげてください。

「ふ、ふ、風俗なんか行ったことないからわからないけど……」

と、焦りながらも、

「いや、行ったことないから、よく知らないけど、風俗好きなウチの上司が、こんなこと言ってたな」

なんて見え見えの嘘八百の言い訳をして、風俗ごっこを大喜びの大ノリで始めるかもしれません。

風俗ごっこの後は、必ず料金を払ってもらってくださいね。風俗ごっこなんですから、支払うのは当たり前です。そしたら、あなたの財布も温かくなるし、もしかしたら、風俗ごっこがおもしろくなって、風俗遊びを一時《いっとき》お休みしてくれるかもしれません。「風俗好き男性」たちは新しいモノ好きです。飽きるのも早いですが、新しい遊びが大好きなのです。だからこれまで、次から次へと新しい風俗が生まれ、流行《はや》ってはすたれ……をくり返しているのです。

いずれにしても、風俗に大金を使われ続けるのは癪《しゃく》ですから、やっぱり風俗通いがばれた時は、厳しく叱って、ペナルティを与えてやりましょう。「ウチの奥さんは、風俗公認なんだ」なんて絶対に思わせてはいけません。

お小遣い制の男性だって、大好きな風俗に行くために、数々のことを犠牲にしたり、会社で些細《ささい》な金額でも経費を捻出したりして、コツコツと一生懸命、お金を貯めるものです。

そして早朝割引とか、ショートコースとか自分のお小遣いに合った金額の風俗店を選び遊ぶことでしょう。そういうところは玄人《くろうと》並みです。お金がないならないなりに、感心するほど、うまいこと遊ぶものです。

出張に泊まりがけで行くのに、どこかしら嬉しそうでしたら、きっと夜の遊びが楽しみなのでしょう。こっそり財布の中に、「あなた」とわかるもの……写真とか、角《つの》を出した自画像イラストとか、買ってきてほしいおみやげリストとか、ドキッとさせるメッセージ的なものを入れておいてはどうでしょうか。それでも遊びはやめないと思いますが、彼女や妻が怖いからこそ、こっそり遊ぶ風俗が、余計に楽しくなるってものです。

私は、決して風俗を奨励しているわけではありません。が、風俗好きは一生変わらない嗜好である以上、頭にきても明るく対処してやるに越したことはありません。素人さんに手を出すより、ずっと安全でマシとは思いませんか？

時々は彼の話を十分に聞いてあげる

ただ、一つ気になることがあります。それは、取材を長年し続けてきたからこそわかったことですが、二十年以上前でも今でも、風俗嬢と話をして時間をすごすためだけに、お金を払って風俗へ行く男性がいるということです。
風俗嬢に膝枕してもらって時間内ずっとボーッとしていたり、仕事の話をただ聞いてもらっていたり……。それでストレスを解消して、

「ありがとう」

と、仕事に戻っていく男性がいます。つまりは、妻や彼女の代わりを風俗嬢にしてもらっているということです。

あなたは、自分の話を彼や夫に聞いてもらうばかりでなく、時々は、彼や夫の話を十分に聞いてあげてください。彼（夫）だって、聞いてもらいたいことが実はあるのです。妻や彼女の元が、真の癒やしの場でないということは、ちょっと問題です。不自然で、どこか歪《ゆが》んでますよね。

あなたが、彼（夫）にとって、最高の癒やしの場であるために、説教をせず、そして（フン！　そんなバカ話）とあしらったりもせず、優しい気持ちで彼の話を一生懸命聞く機会を提供してあげてください。

妻（彼女）に言えないことも、風俗嬢の前なら素直に言えるという「風俗好き男性」は多くいます。年齢は関係ありません。家族には言えないからと、風俗嬢に愚痴を聞いても

らっている八十代の男性もいます。営業の途中に寄って、膝枕で昼寝していくだけの若い男性もいます。

彼女や妻の前では保たなくてはいけないプライドやイメージが、彼らなりにあるのでしょう。それはそれで仕方のないことかもしれませんが、妻（彼女）としましては、風俗嬢に百パーセントその役目をお願いするわけにはいきません。何かヤーヤーと言われるから妻（彼女）に言えないのかもしれませんが、時にはナースのように、時には先生のように、時にはお姉さんのように、彼（夫）の話を傾聴してあげてください。「風俗好き男性」は実は、受け身が好きで甘えん坊な人たちでもあるのです。

第2群　つけるクスリ

浪費癖がなおらない

あるだけ使ってしまう

浪費癖のある男って、いっぱいいますよね。浪費癖のある男に当たる確率って、ケチケチ男に当たる確率より、きっともっと高いと思います。「ケチケチ男」、上品な言い方をするならば「吝嗇家《りんしょくか》」は、子どもの時からずーっと吝嗇家で、おそらく彼の実家の誰かも吝嗇家でしょう。根っからのケチは、一種の才能ですね。周りを気にせず、とにかくお金を使わないよう貫き通せるのですから、相当逞《たくま》しい精神力です。関西では、そういう人のことを「にぎり」とも言います。お金を握って離さないからです。お金はきれいに使ってもらいたいものです。

吝嗇家もイヤですが、お金遣いの荒い浪費家男もイヤなものです。出会った時はそうでもなかったのに、だんだん浪費家になった、急に浪費家になった、という男たちもいます。現金やクレジットカードを持たせると、豹変《ひょうへん》するヤバイ男たちです。もちろん、そういう危ない女性も少なくありません。

現金を手にしてしまうと財布の紐《ひも》がゆるくなって、あるだけ使ってしまいます。買い癖がついてしまうのに時間はかかりません。どこへ行っても、買い物しないと気がすまなくなり、イライラしたら衝動買いしてストレス解消をする。現金がなければカードで買い物し、そのうち借金が普通に返せないくらい膨らんでいます。

それで借金を返すために、風俗嬢に転身した女性を私は何人も取材してきました。

男性は、趣味やコレクションにはまりやすいそうで、突然趣味に目覚めると、惜しみなくお金を使ってしまうようです。

それと、酔っ払うと奢《おご》り癖のある男。奢られるほうは、大して恩義にも感じていないのに、大盤振る舞いしてしまう「財布の軽い男」がいます。困りますよね、こういう男が恋人や彼や夫だったら……。

ケチケチ男の正体

かつて金銭とは別のテーマで取材した女性の夫にたまたまお会いした時、とても誠実そうに見えたのです。まじめで優しそうな、地味めのご主人でした。ところが、取材した女性自身も知らなかったんですね、自分の夫の浪費癖を。

取材から一年後、彼女が、夫のドケチさに辟易《へきえき》して愚痴の電話を私にしてきました。毎日、買い物をしたレシートを提出しろとか、ドレッシングや食材、お茶にまで「もっと安いのがあるだろ」と、文句をつけ、彼女がセールで洋服を買うことも許してくれません。内緒で買おうものなら「返してこい！」と豹変して怒りまくるのです。「自分のものが買えるよう、ご主人がいない時間にパートで働いてみては？」と、私は彼女にアドバイスをしたのですが、まもなく、なぜ夫がそんなにケチケチするのか、真相が発覚しました。

実は彼女の夫は、あるアイドルの追っかけだったのです。それは、妻や夫の両親も誰も知らないことでした。営業マンなので度々ある地方出張に、妻はなんの疑いも持っていなかったのですが、出張でなく有給休暇を取って全国ツアーの追っかけをしていたのです。

そんな秘密をその夫は微塵《みじん》も家で見せていませんでした。というのも、アイドルのポスターやグッズを置くための部屋まで、夫は家の近くに内緒で借りていたのです。会社帰りに寄っては、大好きなアイドルのポスターに囲まれた部屋で陶酔していたようです。

ある日、急用があって妻が携帯に電話しましたが繋《つな》がらないため、会社に電話を入れたところ、休暇中であることがばれちゃいました。さらに、帰宅した夫の携帯を盗み見したら、コンサートツアーや、アイドルのテレビ出演日など、ぎっしりとスケジュールが入っていたんです。給料だけでは足りず、何軒もの消費者金融から大きな借金をしていたことも発覚しました。怒り心頭の妻は、すぐに夫の両親に相談しました。

悪びれもせず、デカい態度のまま夫は、両親と妻の前で一応謝り、「もう追っかけはやめる」と、約束をしました。秘密の部屋も即刻解約です。決してお金持ちではないのに、何百万円という借金は、実家が全額支払ったそうです。そうしてゼロから二人でやり直しです。

カードローンに手を出す

ところが半年後、別のさらに若いアイドルの追っかけをしていることが発覚しました。前のアイドルに少々飽き始めていて、前回の発覚は潮時だったようです。お金を自由に使えなくなっていた夫は、またカードローンにも手をつけていたのです。お金が足らないとなると、今や24時間、いつでも簡単にお金を借りることができてしまいます。しかも、借りる先はいっぱい世の中に溢れています。キャッシュレスの時代になってきたので、もっともっと抵抗なく、どんどんカードやスマホでお金を借りたり、使ったりができてしまいます。

　風俗で働きながら、追っかけをやっている女性を取材したことがあります。交通費、宿泊代だけでもお金は飛ぶようになくなっていくそうです。追っかけをするには、身だしなみも大切です。カードローンが膨らみ、ついにＯＬのお給料では、どうにもならなくなり風俗へ転身しました。それでも追っかけは、今もやめていません。

　私のアメリカ人の二度目の夫も浪費家でした。私が日本に仕事をしに戻り、二週間くらいしてアメリカの自宅に戻ってくるたび、車や家の中の様子が違うのです。ホイールが変わっていたり、ボディの色が増えていたり、内装が変わっていたり、どこかしら改造されていたり……。現金では限りがあるため、鬼の居ぬ間にカードやチェック（個人口座用の小切手。アメリカではチェックが一般的です）で散財しているのです。しかもカードで買い物をしているうちに、前の買い物のことを忘れ、一体合計でいくら使ったのかもわからなくなっていました。

私が日本からアメリカに戻るなり、家でなく、空港から一時間くらい車に乗って牧場に連れていかれたこともありました。目の前にいるのは、十頭の仔牛……。

「これ皆、君のものだよ。投資したんだ。牛が大人になって売れたら、お金が入ってくる。一匹〇〇〇ドルとして、十四も売れたら凄いだろ？　また来月、仔牛が生まれるというから、それにも投資しようと思って……」

借金の後始末は誰かがやってくれる

詐欺まがいのことにひっかかっていることにも気づかず、元夫は上機嫌で投資家のつもりになっていたのです。結局、仔牛のことは、お金を取られただけで、うやむやになり、二度と元夫が、その話題を持ち出すことはありませんでした。カードを使うのは夫でも、カードの支払いは私の役目。自分のお金じゃないので、騙されたとわかっても夫は痛くもかゆくもなかったのでしょう。それっきりです。そういうことのくり返し、くり返し。「アイム・スマート（俺はかしこい）」と、いつも言うわりに、ちっとも学習してくれませんでした。

こういう男性は、お金の後始末は誰かがやってくれると、根っから甘えているんです。

親だったり彼女だったり、あるいは妻が穴埋めしてくれると信じているので、次々とお金を使っていくことの恐怖心がないんです。また、お金を使って何かを買う瞬間は、お店の人など相手が丁重に接してくれるので、プライドをくすぐられる快感もあるのでしょう。その快感がくせになっているんです。現金でなくカードで買い物をしていたら、数日後には、何を買ったかさえ忘れてしまっています。その金額が膨れ上がっているのを認識したくなく、あえて返済のことを考えないようにもしているのです。

あなたはといえば、無計画にお金を使いまくる彼や夫のことが許せません。私もそうですが、お金にだらしないのが、耐えられないほどイヤです。それくらいしっかりしているから彼や夫は、あなたが何とかしてくれると、高をくくっているのです。

甘えさせちゃ絶対ダメです。最初のうちは、お金の迷惑をかけては「いけない」「悪い」と思っていても、慣れてくると、なんとかしてくれて当然と思えてきてしまう人が多いんです。借金返しのために恋人を風俗に行かせ、最初は「ごめん」と涙しても、すぐに慣れてしまって、なんとも思わなくなる男がとても多いことを私は取材でよく知っています。相手がまだ恋人で結婚していないのなら、たった今、縁を切ることが一番です。浪費癖なんて、簡単に直りません。一度覚えたお金を使う快感を諦めることは、とても難しいものです。浪費癖男と別れない選択をするには相当な勇気が必要です。

別れない、別れたくないのなら、甘えさせず、決して助けず、放置してください。途中で情に負けて、手を差し伸べないでください。元の木阿弥《もとのもくあみ》です。彼も苦しい。でも、あなたはもっと苦しみます。これで彼がもっと金持ちの女の元へでも行くのなら、それまでの男です。

ところが、いるんですよね、さんざん女に苦労させて、いざ自分が有名人やお金持ちになると、お世話になった女性を平気で捨てる男が、今も昔も芸能界に限らず世の中には。でも困り果てて、ドツボにはまって堕ちていく彼を近くで見ていれば、普通なら嫌気がさして別れがくることでしょう。

遠慮は無用、怒り出したらそれまで

けれどもそれが夫だったら、そして別れたくない、別れられないほど好きな彼だったら……仕方ありません。カードを全部取り上げ、解約させましょう。彼本人が解約する電話をしている時、必ず隣にいてください。でないと「解約した」と嘘を言うかもしれません。

その後は必要なだけの現金しか持たせません。それでもスマホで簡単にローンができてしまうので、毎日チェックしてください。もしかしたらもう一台、借金用にスマホを持つかもしれませんから、怒られても持ち物チェックをしてください。切羽詰まったら、「十日で一割」のような違法高利金融に手を出すかもしれません。そういう所から電話が来ていないか、チェックを入れるのも致し方ありません。また、友人に借りている場合もあるので、特に給料日前後に頻繁に電話をかけてくる人はいないか、やっぱりスマホチェックは重要です。

それから夫がこれまで買ってきたものは次々に売って処分してやりましょう。高いお金を出して買ったものでも、売れば二束三文になるということを身をもって教えてやります。頭にきたら、夫の大切なものを床に落としたり、壁にぶつけたりして壊してやればいいんです。遠慮は無用です。自分のものではないのでスカッとしますよ。それで怒って殴られたりでもしたら、それまでです。これで別れる決心もつきます。

フィギュアなどコレクションしている人は別ですが、浪費家というのは、本当は、そのモノに執着する以前にまず、買う瞬間が好きなのです。買うことが快感のピークで、あとは買っても包装を解かず、そのまま放っている人だっています。

こんな快感のために次々と借金されていては、周りはたまりません。こうなったら夫にダブルワークをさせましょう。浪費する暇がなくなるよう、ダブルワークで忙しくヘトヘトになるまで働かせるんです。自分の蒔《ま》いた種は自分で刈ってもらうに限ります。

お金は妻が管理し、お小遣い制にします。あまりお小遣いが少なすぎると、また隠れて悪さをするので、無理をさせすぎない一般的なお小遣いの額にしてやってください。でないと、持ち家の人は家や土地を担保にして借金したり、高齢の人なら年金を抵当に入れて借りることだってできるのですから。

夫のカードを取り上げ、財布の中にはその日に使う分のお金しか入れてあげません。タバコを吸う人でしたら、もちろんやめさせます。タバコは、高いお金を払って病気を作っているようなものです。浪費の上に、大病でもされたら、余計に大金がかかります。こんなもったいないことってありません。

浪費家は過ちを繰り返す

お金に関しては、浪費家は子ども並みの感覚の人が多いので、「お金を貯めて買う」ということを再度教え込んであげましょう。夫の親が健在ならば、自分がお金の苦労をさせられているということを必ず知らせておいてください。実は親も浪費家で、笑っているだけかもしれませんが、どんなに哀願されても、決して息子にお金を貸さないよう、よくよく釘を刺しておいてください。ただし、借金返しの尻拭いを夫の親がしてくれるというなら、大歓迎。遠慮なく受けましょう。

相手は子ども並みのお金感覚ですから、お金と一緒に楽しめるよう毎日、五百円玉貯金などをしませんか？　その日、浪費せず借金もせず、おりこうでいてくれたら、夫の目の前で、あなたが五百円玉を貯金箱に入れてやるのです。貯まるとけっこう嬉しい金額になります。バカにできません。貯まったら、堂々と自分のモノを買っちゃいましょう。お金を使われるということが、どんなに悔しいことか、目の前で夫に体感させるのです。ただし、それまでに五百円玉貯金を使われてしまうこともありますから、盗まれないよう置き場所には、くれぐれも注意してください。

もう一度言いますが、浪費家は、過ちを繰り返します。カードローンをしたり、人に借金するなんて、ちゃんちゃら平気です。お金に関してのプライドなんて彼にはありません。とても返せないほどの借金ができていれば、潔く家とか車など大きなものを売って全てなくし、ゼロからやり直してください。それでもそんな夫と一緒にいたいわけですから、ゼロからでも二人で頑張って生きていけることでしょう。

私は「金の成る木」ではない

今は亡き私の二度目の夫ですが、今ならよくわかるのです。私が甘やかしすぎた、私がしっかりしすぎたと。私が抜けてるふりをしておけば、二度目の夫は、「もっと自分がしっかりしないと、こいつは、だらしないから」と、責任を感じてしっかりしてくれていたかもしれません。でも借金が大嫌いで、お金に関してはとってもしっかりしている私だから、必ずなんとかしてくれるだろうと、いつも元夫は安心しきっていたのです。離婚を決める時、私が元夫に言ったのは「私はあなたの『金の成る木』じゃない」でした。

お金がないと、お金がよくケンカの原因にもなりますが、ケンカばかりの夫婦になってきたら、もう潮時です。お金がないがためのケンカは、前に進めません。二人とも疲れ果てて、あなたはギスギスと、どんどん美しくない女になっていくばかりです。自分が風俗に行って借金返しをさせられる前に離婚して逃げてください。あなたがその家から出るのです。甘えている相手は、自分からは出ていきません。あなたがギスギス、カラカラに乾いて老いた肌になる前に別れれば、まだ間に合います。別れる勇気をもてば、あなたはまた、本来のきれいなあなたに戻れ、次の新しい人生を歩んでいけます。

仕事もせず怠ける

働かない男

仕事を一生懸命しない男っていますよね。私は、何もしないでいると、とても罪悪感を覚える性格で、常に動き回っていないと不安になるので、怠け者は苦手です。

なのに過去に、そういう男性と出会ってしまったんです。自営業と称する男性ですが、出会った時は仕事の話を得意げにいっぱいしていました。すごく忙しいと言っていたのに、家にずっといて働きに出かけないんです。平日なのに、いつまでもゴロゴロしていて、仕事に関係ない電話をダラダラといつまでも何度もしていて、全く出かけようとしません。

たとえば二十五日。その日は一般的にはお給料日です。銀行が閉まる時間までに、経営者ならやることがいっぱいあるはずなのに動かない。ネットバンキングのなかった頃の話です。

「支払いは大丈夫なの？」

と、私の方が心配で気をもんでいるのに、

「大丈夫。任せてあるから」

と、本人は、とにかく働く気がありません。表向きの仕事は、ほとんど開店休業状態で、いろんな人からお金を借りまくって踏み倒し生活していると知ったのは、ずっとあとのことでした。やる気があって、一生懸命仕事をしているのにうまくいかないのでなく、やる気がなくて仕事をしていないから当然、うまくいきません。

遊び歩いていただけのアシスタント

会社など人が集まるところでは、怠け者が一人くらい混ざっていることがあります。私にも経験があります。私がアメリカにいた頃、日本で働いてくれていたネタ提供の女性アシスタントに経費を預け、取材前の調査をお願いしていました。ところが、私が日本にいないからばれないと思ったのか、「夜の六本木の調査」と称して、毎晩、遊び歩いていただけだったのです。私も、人に働いてもらうことに慣れていなかったので、彼女の上手な

言葉を心底信じて、

「いいよ、大丈夫よ」

と、なんでもＯＫで、いつもニコニコ「いい人」を演《や》っていたのです。ところが、あまりにも調査結果が提出されないのと、彼女が居住もしていた私の事務所に男の子が一緒に住むようになったことから、（おかしい）と、思い始めました。それでも私は、何も気づいていないふりをして、いい人を演じ続けていました。

そのうち、ちゃんとした会社で働いていた彼女の彼は仕事を辞めてしまいました。私から支給されるお給料と経費とを使って、取材と称して六本木や地方でも、二人で遊びにいっていたようです。もともと怠け者の素質があったのかもしれません。私は怠け者の才能を引き出し育ててしまったわけです。

ある時、地方の仕事でホテルに宿泊し、翌朝チェックアウトしようとしたら、たまたまそこに二人がいたのです。二人のびっくりした顔ったらありませんでした。ひきつった顔になった彼女の手には、ロングブーツを買ったらしい大きな紙バッグが。それも経費として私に請求する予定だったのでしょうけれど、すべてばれてしまいました。

ようやく私は、辞めてもらう話し合いを持ち出しましたが、彼女は今の生活を失いたくありません。仕方なく第三者である弁護士先生に入ってもらい、時間はかなりかかりましたが、出ていってもらえました。怠け者とわかった以上、すぐにでも縁を切りたいのに、怠け者はやっぱり怠け者なので行動が遅く、うまい具合にすぐに去ってはくれませんでした。

当時、悪者になりたくなくて怠け者を放置した結果、その怠け者をさらに育ててしまいました。真の怠け者になってしまう前に、怠け者にならないように育てなかった私にも十分に責任がありました。が、紹介者がちゃんとした人だったので、すっかり信じてしまいました。その紹介者も彼女の上手な嘘に騙されていたのだと後に判明したのです。

正真正銘の怠け者なのに、怠け者に対して怠け者と面と向かって言えないなんて、困った存在です。第一、怠け者は自分のことを怠け者と思っていないのですから。

怠け者を怠け者でなくしようとするのは、無理に近いことかもしれません。怠け者は、「所詮《しょせん》怠け者」とよく言われます。でも、怠け者だって、怠けるためによく動く時もあるんです。

例えば現金を得る時とか、不正受給を得るために日参するとか……。例えはよくないですが、怠け者でなくなる時もあるんです。

怠け者が怠け者でいるのは、おそらく頑張ったあとに得た喜びを知らないからだと思います。あるいは挫折に弱く、かつて頑張った時に、いい結果が得られず失望して、「頑張っても頑張らなくても同じなら」と怠け者になる選択をしたのかもしれません。

女子少年院の奇跡

日本で一番大きな女の子の少年院・榛名《はるな》女子学園に、一年間、毎週取材に行っていた頃のことです。そこでは当時、八十人から百人くらいの十四歳から二十歳までの少女たちが寮生活をしていました。少年院では、コーラス大会、エアロビ大会、運動会など、いろいろな行事があります。

少年院にいる以上、私語は禁止です。他の生徒に先輩が何かを教える時も、先生に向かって手を上げて「～について○○さんに教えます」などと告げて、許可が要ります。そういう規制のある中で、エアロビ体操を音楽に合わせて作ったり、ヨサコイソーランの振り付けを習って、全員で揃えたりしていくのです。発表会では、地元の名士たちや、篤志面接委員や保護司の先生方なども見学に来られます。

そこで驚いたことですが、発表会で勝ったグループも負けたグループも泣くんです。今まで、不良行為とか、盗みとかをして、一生懸命まじめに何かをするということをしてこなかった、いわゆる怠け者の少女たちが、初めて一生懸命、何かに取り組んだのです。個性の強い女の子ばかりですから、グループの中でうまくいかなくて、泣きながら訴えたり、汗をいっぱいかきながら練習したり……その成果を発表した時、うまくいってもいかなくても一生懸命やった自分たちに感激して、きれいな涙を流し、笑顔で手を取り合って喜んでいたのです。

かつて怠け者だった姿は、どこにもありません。少女たちは、頑張った先にどんな喜びがあるかを知ったんです。そうして怠け者でなくなりました。

大切な人が怠け者になってしまった

少女たちのように、怠け者が怠け者じゃなくなれるということを教えられる機会があればいいのですが、あなたの大切な人が怠け者になってしまっていたら……大人を改心させることはとても難しいですよね。

彼をなんとかしたい！　その気持ちはよくわかります。でも、怠け者を動かすのは、とてもとても難しいです。怠け者男性に怠け者女性が付いたらなんの問題もありません。二人して怠け放題するだけです。でも怠け者男性に、怠け者でない女性が付くから問題なのです。あなたは、怠け者ではなく普通の生活を送ってきている人です。だから怠け者の彼を見ると、つい「ちゃんと仕事しなさいよ」とか「仕事探してきなさいよ」「私のこと好きなら働いてよ」などと、厳しい声をかけてしまいます。怠け者の彼は所詮怠け者。簡単に変えられないのならば、あなたが変わったほうが早いです。あなたも怠け者になりましょう。できますか？

「グデグデ寝てないで……」でなく、あなたこそが彼よりもっとグデグデするんです。耐えられない？　じゃあ、別れちゃいましょう。別れられない？　では、あなたが彼以上に怠け者のふりをして、とことん堕ちていき、怠け者の彼が「おいおい」と心配するようになるまで無関心でいてください。電気料金が払えず、電気が消えても笑っている。水道を止められたら、人目も気にせず公園の水道を使いにいく。でも、部屋の中だけはゴミ屋敷にはしないでおいてくださいね。掃除すると彼に怠け者のふりがバレるので、散らかさないよう汚さないようにしておいてください。汚い所には、悪い霊もウイルスも寄ってくるからです。

「お前、ほんとになんにもやんねえなあ」

と、彼が少しでも気にし始めたら、こっちのものです。あなたがしっかりしていて、なんでもやってあげちゃうから、怠け者の治療にならないんです。そんなこと耐えられない？　だったら、勇気をもって三行半《みくだりはん》をつきつけ、去りましょう。

でも、離れられない関係もあります。夫だったり、息子だったり……。リストラされて家にいるうちに怠け者になってしまった男性だっています。放り出せたらいいですが、あなたも情があって彼をうまいこと放り出せない。困りますよね。

常に上手を行く

ところが怠け者は、あなたよりも上手《うわて》です。怠け者はなんにもしませんが、「待つ」ことはできます。

（金がなくなったな……）と思っても、働きにいかないで待てるんです。何を？　あなたをです。あなたがお金を持ってくるのを怠け者は待てるんです。

（お腹すいたなあ……）と思っても、怠け者は自分で何かするということはしません。空腹でも待てるんです。何を？　あなたが食べ物を運んできてくれるのをです。

怠け者は、甘える人がいるから安心して怠けていられます。そして、自分の欲求を甘えられる人が必ず満たしてくれると、確信しています。そういうところだけは、妙にずば抜けて賢いから待てるんです。

この世には、怠けることに罪悪感を感じて怠け者になれない人と、平気で怠けることのできる人とがいます。おもしろいことに、怠け者男には、勤勉な女性がマッチしやすいんです。怠けている彼のフォローをして一生懸命働いたり世話をしたりします。だから怠け者は、快適に怠け続けられるんです。

ちょっとやそっとじゃ怠け癖は直りません。だからあなたもトコトン怠け者になって、彼のことで一切世話をやいたり尽くしたりもしません。

なんにも助けてやりません。それは（彼をなんとか救ってあげなきゃ）と、まるでお母さんになっているあなたにとって、とてもはがゆいことだと思います。こんなことするくらいなら、人の二倍働いて彼のために何かしてあげたほうが、よっぽど楽と思うことでしょう。でもそれでは彼の怠け癖は直りません。直してあげたいなら、トコトンあなたが怠け者になるか、彼を一切助けないかにしてください。

本当に誰も助ける人がいなくなり、お金もなくなり、借金するすべもなく、お腹がすいて……となれば、ようやくなんとか自分でするはずです。あなたが助けてくれるという自信があるから、彼は怠け者を悠々《ゆうゆう》とやっているんです。突き放されたら、赤ちゃんのように彼はなんにもできません。得意の「待つ」ということも、「待ち」がいがありません。

過保護な愛をやめるとき

こういう人は、怠け者なので、今いる場所から移ってはくれません。追い出すことができないのです。だったらあなたが出ていきましょう。あなたの名義で賃貸契約していて……ということなら、構わず不動産屋さんに退去手続きを取ってください。夫ではなく彼ということは、借り主と関係ない他人が残って住んでいるということになります。あとは、プロフェッショナルな人、たとえば弁護士の先生や、不動産業者さんなどに力を貸してもらいましょう。

本来なら、忍耐強くて「待てる」という今どき貴重な性格の男性です。一人でも、ちゃんと逞しく生きていけます。あなたこそ、彼に対しての過保護な愛をそろそろやめないといけませんよね？　お母さん役を演《や》っていて「気持ちいい」と思ったら、誤った方向へ進んでいる証拠です。あなたが変われば、彼も周りも変わります。それは、とてもとてもとても難しいことですが、あなたはきっと変われます。

嘘をついても平気

「私は嘘のつけない女だから」

嘘をついても平気な男、嘘をついているのに嘘と認識していない男がいます。「嘘つきは泥棒の始まり」と、家庭でしつけをされなかったのでしょうか？

嘘つきは、年齢や性別に関係ありません。

ある女性が、高野山に駐在している私の元へ相談にやってこられたのですが、「私は、嘘のつけない女だから」と真剣に言うので、私も一生懸命話を聞かせてもらいました。相談を受けるのにも信頼関係が必要です。

何度かお会いして相談を受けていたのですが、実は何度か、（あれ？）と、彼女の行動と言葉との違いを感じる場面があったのです。ところが、「信じたい」と思う「私」がいて、彼女の本心を見ようとはしませんでした。イヤなことを避けていた私がいけなかったのです。

わざわざ高野山まで相談に来られるのです。そこで嘘話をするなんて、時間と労力の無駄と、私は勝手に判断していたのです。その後も、彼女はいろいろと嘘をつき続けました。（あれ？）と感じる回数が増えるほど、辻褄《つじつま》が合わなくなり、嘘が明らかになっていきます。人には嘘をつけても、神仏に嘘をつくことは、絶対にしてはいけないことなのです。ところが、ことあるごとに「私は嘘のつけない女で、正義感が強くて……」と、彼女は言います。信頼して一生懸命相談を受けていたのに……私の中で、むなしさが増すばかりです。こうなると嘘でないことまで（どうせ嘘でしょ？）と、疑いたくなってきて、どれが真実で、どれが嘘なのか混乱してきます。

いろいろと嘘の裏付けを取った結果を彼女の前にさし出して、「もうこれ以上、嘘をつかなくていいのだから。無理をする必要はないし、いいかっこなんかしなくていいの。あなたはあなたのままでいいのよ」と何度言って聞かせても、また嘘と、「嘘のつけない女だから」の連発です。見栄なのか、私を試しているのか……。そこで彼女を知る人々に聞いてみると、本人は嘘をついているという意識が全くないという結論に至ったのです。

彼女にとって嘘は、「嘘」という言葉の意味と一致しないようです。こうして彼女の嘘に振り回された人々は皆、疲れ果てて去っていったそうです。

大嘘・小嘘をペラペラと

去っていける関係の人ならまだいいですが、相手が夫とか恋人、そして仕事関係の人となると、簡単には去れません。

たとえば私の元某夫。嘘をつくことに全く抵抗のない大嘘つきだったのです。

まずは、取材先で初めて出会った時に、

「今日は、秘書を置いてきてね。『一人で行く』と言ったら秘書が『それでは私が困ります』って言って、途中までついてきたんだけど、『今日はいいから』って、一人で来たんですよ」

と言われました。しっかりした秘書がついているってことは、ちゃんとした会社の社長なのだと、その時、私は勝手に思い込んでしまったのです。まだインターネットで、人のことをすぐに調べられない時代です。ずっとずっと後でばれたことですが、「秘書を置いてきた」なんてとんでもない。秘書どころか、人を雇える経営状態では全くなく、借金もあったのです。

その後も、いずれはばれる大嘘から小嘘までをつき続けてくれました。本人は騙したという意識がなかったと思います。嘘をついたという意識もないし、ついた嘘の内容さえ忘れてしまって、また次の嘘をついているのですから。情けなさすぎて、最後は笑いまで出てきてしまいました。

元夫にとって嘘は、会話の流れの一部なのでしょう。ところが、誠実にコツコツと信用と人生を積み上げてきた私にとっては、ペラペラと嘘のつける男が許せないのです。第一、簡単に嘘をつけるということがいまだに信じられません。また、この男のつく嘘によって、自分が大切に大切に築いてきたものが崩れていく……という恐怖感も常にありました。

嘘つきは変わらない

ものごとが起こるのには、必ず原因があります。それは自分が関わる以上、一〇〇のうち一〇〇全て相手が原因ではなく、一〇〇のうちの少なくとも一は自分が原因を持っているものなのです。最初のあの「秘書嘘話《ばなし》」を私が信じなければ、深入りすることもなかったはずです。それにしても「秘書が『それでは私が困ります』って言って……」なんて、ドラマに出てくるようないい科白《せりふ》です。今ふり返っても、この言葉のかっこよさには感心しちゃいます。それで私は、この名科白に、コロッと騙されてしまったわけです。

嘘がわかった時には、もう遅い。それでも私は、一〇〇の中に一はあるであろう真実を信じていたのですが、なんともはかない希望で、当時の自分を思うと、かわいそうになってきます。嘘はいけないと思っている私は「嘘をつく」という行為そのものさえ許せず、元夫のつく小さな嘘から大きな嘘まで全て、いちいち反応しては怒り悲観し、その気持ちが爆発しないよう、ひたすらこらえていたのです。でも、ようやく気がつきました。

状況によってはどうしてもつかざるを得ない嘘は別として、嘘をつくほうは苦しくなくて、嘘をつかれたほうだけが苦しいということに。いつも嘘をついている人は、嘘をつくことに抵抗がなく、心が傷つかないのです。嘘をつけない人が嘘をついたら、ずっとずっとずっと「嘘をついてしまった」と罪悪感で苦しむことになるのですが。

今さら大の大人に、正直になってもらおうとか、嘘をつくのをやめさせようとか、道徳心をしつけたり改心させることなどを期待しても無理です。だったら自分が変わることです。嘘をつく相手を全く気にしなければいいのです。冒頭の女性もそうでした。正直な人に変わってもらいたいと思って、あれこれしたけれど、いい結果が出なかったから、自分がとても辛かったのです。相手の言動から意識をはずして自分が気にならなくなれば、自分の心は苦しくなりません。

別れるための大嘘計画

これに気づいて以来、私は元夫に真剣な話をするのを一切やめました。そして、私も元夫に対してだけは嘘をついてやろうと思い、別れるための大嘘計画を実行に移したのです。私が当時、元夫についた計画的な最大の嘘は、「元夫のことを大好き」という大嘘でした。自分から無理やり去っていけば、相手が執着して追っかけてくるものです。そうすると、別れがスムーズにいきません。私が大嘘をついて嫉妬したり、愛情あるふりをしてあげたら、相手は「愛されてる」とうぬぼれてどんどん調子に乗っていきます。私が離れないという自信を持ってしまうと、相手は油断し、何をしても許してくれるだろうと、いずれは大ボロを出すものです。そうすれば別れざるを得ない結果を招いたり、別れやすくなります。

実際に二年後、大ボロを出してくれたので、「けじめをつけて離婚してください」のひと言で別れることができました。別れるために嘘をつき続ける二年間なんて、明るい未来を見つめたら、きっと乗り越えられます。智恵というものは、別れる勇気を後押ししてくれます。

確かに時間はかかりますし、その間、蛇の生殺しのようにとても辛く、自分以外の人がやたらと幸せに見えて、何度もくじけそうになったりもしますが、計画的に「別れるための大嘘」をついてやれば、嘘つき男より上手《うわて》を行けるのです。「愛してる」ふりをして実は、冷ややかに笑いながら、愚かな嘘つき男を見下していられるのです。

嘘熟練男相手に、慣れない嘘で対抗しても決して勝てません。同じ土俵に立ってしまいますから。だからこそ嘘つき男が思いつかないような「大嘘」で大芝居を仕掛けてやるのです。

元夫には、偶然道で出くわした以外、会うことも話すこともありませんが、私がついた二年間に及ぶ「大嘘大芝居」には、二十年経ってもまだ気づいていないことでしょう。元夫は、私の嘘によって、学習こそできませんでしたが辛い思いをしないですんだので、悠々と生活して今も嘘つきのままでいられるのです。

相手を思いやるためにつく嘘は、嘘をつくほうもつかれるほうも辛いものです。けれども自分勝手な嘘は、つかれたほうだけが辛いのです。人には性善説があって「嘘はつかないもの」と信じているからです。

ところが、嘘をつける人は、この世にいっぱいいます。嘘つきカップルなら、ちょっと私には想像もつきませんが、おそらくなんの問題も起こらず、ベストカップルでいられることでしょう。ところが、嘘をついてはいけないと言われて育った人にとっては、嘘をつかれることほど辛く、ショックなことはありません。でもそれは、嘘にいちいち反応しているから辛くなるのであって、全て聞き流し、受け止めない努力をすれば、（ああ、また嘘ついてる。この間と違うストーリーになってる）などと、情けなさが残る程度ですむんです。自分の持っている「正義のものさし」を人に当てはめず、その人から離れて別れるか、嘘を聞き流せるよう心の持ち方を変えるか、いずれにしても見方を変えて、少し努力をするだけで、七転八倒の泥の中から抜け出せるのです。

自分を変えて上のランクへ

取材したある女性は、恋人の実家に婚約の挨拶に行きました。家族になるであろう人たちと食事をしたところ、なんと彼以外の家族全員が、詐欺師と泥棒で、彼だけがまっとうな会社員と判明したのです。嘘が日常で、しかも仕事になっている家に嫁ぐことはできないと、彼女は翌日、婚約を取り消し、住居も変えました。

「嘘つきは泥棒の始まり」と言いますが、嘘をつく癖のある人は、一生直らないことでしょう。一緒にいれば、その嘘にずっとふり回されることになります。その嘘で人に迷惑をかけたら、あなたが代わりに謝らなくてはいけなくなるかもしれません。それがあなたにできますか？　度々、起こるかもしれません。日常生活は猜疑《さいぎ》心に溢れ、いつもさぐり合い。お互いどれが真実で、どれが嘘か頭の中が混乱して、そのうち関係が殺伐《さつばつ》としていきます。それでもあなたは大丈夫ですか？　イヤだったら、周りが受け止め方を変えるまで、ものごとは変わりません。

嘘つき男が嘘をつくのをやめてくれますようになどと、相手が変わってくれることを願い望むのでなく、まずは自分が変わることです。相手は変わりません。自分が変わったほうがずっと早く、ものごとが進みます。自分が変われたら、嘘つき男の取り扱いが、ずっと簡単で楽になります。あなたは相手よりずっと上のランクに上がり、対等でなくなります。

自分が同じ土俵から抜け出せたら、相手と釣り合わなくなり、何ごとも空回りになっていきます。そうなれば、時間はかかるものの、いずれは相手のほうから離れていってくれることでしょう。

無理に何かをしようとすれば、争いになったり、しこりとなって残ります。時は頼もしい味方です。

そんな彼にも、いいところの一つや二つはあります。嘘をつき続けられる彼の創作力に着眼し、それを称《たた》え、褒めてあげたら、その場だけは楽しくなると思います。他人のまま、楽しい部分だけを「いいとこ取り」して遊んでみませんか？　突然「別れましょう」と、嘘を言って相手の出方をチェックしてみてはどうでしょうか。あなたは必要に応じて「嘘よ」と逃げられますし、もしかしたら相手があわてて本心を表に出してきて、真実を知るチャンスになるかもしれません。それはあなたにとって、彼との間で初めての経験となるのではないでしょうか。

とにかく無口で喋らない

自分では無口だと思っていない

とにかく無口な男がいます。「無口」と「喋りべた」とは意味が違います。でも無口な人は喋る回数が少ないだけに、お喋りな男よりは話が上手でないのかもしれません。だからこそ無口な男の一言は、お喋りな男の一〇〇〇言にも匹敵し、とても価値が高いと思いませんか？

私は、超お喋りな男だったら、無口な男のほうが、かっこいいと思っています。大事なこともあまり言ってくれない代わりに、余計なことも言わず、口が軽くありません。口がカタいのは、いい男の重要な要素です。

しかしながら、大事なことを言ってくれないのは、女性にとって物足りなさや不安を感じる種になるかもしれません。電車の中やレストランなどで、女性を話術で楽しませてくれているカップルを見ると、羨《うらや》ましくなる時もあるでしょう。「好き」「愛してる」「かわいい」「きれいだ」こういった重要な言葉も一切言ってくれないので、（私のこと、どう思ってるの？）と心細くもなるし、淋しさを感じる時も、きっとあると思います。

無口な男のほうは、「好き」とか、そんな小洒落《こじゃれ》たことなんて一切言えないし、言わなくてもわかっているだろうと思うほど、自分が無口とは思っていないので、「好き」「愛してる」などと言わないのが普通です。でも、「好き」とか「愛してる」とか、女性が喜ぶ言葉をサラリと言えてしまう男性って、他のところでも同じように女に言ってるんじゃないかしら？　って不安になりませんか？

口で語らないなら目で語る

無口な男といっても、「本当に無口な男」でない人もいます。恥ずかしがり屋や口べたな男とかで、慣れれば喋れるようになるスタートの遅い人もいます。

でも「本当に無口な男」とわかれば、これから先、この人と一緒に歩んでいけるかどうかなんて、自分の性格と照らし合わせてみればすぐに結論が出ますよね？　たとえば、お喋りがとにかく大好きで、人がいたら黙っていられないという女性にとって、無口な男は得意なほうではないかもしれません。いろいろ頑張って話しかけてみたけれど、「やっぱり、無口な男はどうしてもイヤ」という女性ならば、つき合うところまでは発展せず、それまでです。そこで即刻、退散です。

それでも好きになっていきそうという相手なら、口よりも、これから先は目で語り合える実力をつけてください。声に出さない分、顔の表情や目の動きにも相手の心がよく表れるものです。その心の中身まで、しっかり受け取れるように努力を惜しまないでください。

つき合いが長いカップルや夫婦ですと、相手の性格や癖などもわかってくるので、喋らなくても自然と相手の心の中が読めるようになるようです。それをあなたは、長い年月をかけずに努力して、マスターしてしまいます。やる気さえあれば、そんなに難しいことではないと思うんです。

目って、よく見ていると、いろいろな表情がありますよね。目で心を読み取れるようになると、とてもおもしろいんですよ。喋りすぎる相手より、もっと二人の絆が深まると思いませんか？

相手の心を知る方法はいろいろある

私は取材をさせてもらっている時、取材対象の方の目や手の動きを見ていないふりをして、実は常によく見ているんです。手や目は、心の中をとてもよく表現してくれます。言っている言葉と実は反対なのよと、目が語ってくれる時もあります。また、語ってくれている時に、たとえば相手の手が拳骨《げんこつ》になっていたら、その経験がどんなに苦しいものか、苦しみの深さを察することもできます。

声に出して語らずとも相手の心を知る方法って、実はいろいろとあるものです。私が特任講師をさせていただいている和歌山県の高野山高等学校で生徒たちに、「相手と対面し傾聴する」という授業をすることがあります。その時、「顔や目の動き、手の行く先をよく見ておいて」と言います。ところが、あとで尋ねると、「見るの忘れちゃった」「覚えていない」と言う生徒が多くいます。喋ったり聞いたりしている間、相手のことを見ているようでよく見ていなかったのです。普段でも、こうした当たり前のことが、案外できているようで、できていないんです。しっかり見ていたら、きっと心の襞《ひだ》の動き一つにも気づけることでしょう。無口な男とあなたとは、そういう強い絆を築いてほしいですね。

無理に喋る必要はない

ところで、お喋りな人は「間《ま》」がいやだとよく聞きます。間に耐えられないから懸命に喋り続けると、聞いたことが度々あります。

私が女優をめざして、テレビ局や映画会社を回り、一人で営業をしていた大学生時代のことです。せっかく長い年月をかけて、憧れの番組のプロデューサーへ売り込みに行けるようになったというのに、私は口数が少なくて、喋りが苦手。そのプロデューサーも寡黙な方で、ひと言会話するたびに訪れる間に大汗をかいていました。

でも、いつかきっと、このプロデューサーと笑いながら、いっぱい話せるようになる時が来る。その時まで頑張って通《かよ》って、話慣れしていかなくては……と、間が訪れるたび、いつも自分に言いきかせていました。ところが、相手が恋人の場合、無理やり間をつぶす必要がないんです。

相手が無口な男でしたら、あなたも無理して喋る必要がありません。間もへっちゃらです。対面していたり、食事をしている間でも、喋っていない時間がずーっと続いたとしても、二人にとっては、それが自然なんです。周りがどう見ているかなんて、余計なことを考えたり、見栄を張る必要はありません。

カップルの数だけカップルのスタイルがあります。他のカップルと比べないでください。比べることは煩悩の一つですから、比べた人だけが辛くなります。他人の目なんて放っておいてください。どう見えようとも、二人のスタイルのままでいいじゃないですか。

相手が喋らない時間がずーっと続いていたとしても、彼にとって、けっしてそれは不自然な間でも、居心地の悪い間でもありません。人それぞれ間の時間は違います。五秒の間が怖い人もいれば、一時間の間でも平気な人がいます。彼の間にあなたが慣れてください。

「そこにいてくれる女性」になる

ただし、あなたが、その間の間《あいだ》に喋るのは自由です。あなたまで彼に合わせて無口でいなきゃいけないわけではありません。好きなだけ喋っていいんです。大声を出すのは彼の耳にうるさいので、やめたほうがいいでしょうけど、相手は、ちゃんと聞いています。相槌は打たないでしょうし、相槌代わりに頷《うなず》くことも多分しません。でもちゃんと聞いています。

だから、「聞いてるの？」とか「ねえねえ」と、返事を強要したりしないであげてください。「聞こえてないの？」と声を一層大きくすることもやめてください。返事を度々求められたり、返事がないことを責められたりすると、わずらわしくなってきて、（めんどくさい女だ）と、イヤがられます。無口な男にとって心地いいのは、「そこにいてくれる女性」です。そばにいてくれて、わずらわしくない「居心地のいい女」です。

無口な男相手に、いちいち返事を求めちゃダメです。その代わり、なんでもあなたの判断で決めることができます。結論が出るまでの過程で、あれこれ二人で話し合うようなこともできないでしょうけれど、リードすることが好きなあなたなら、自分の思うまま、コトを運んでいけるのです。よっぽどイヤなら、さすがに彼が口を挟んでくるでしょう。あくまでも主導権はあなた。彼には報告するだけで、大概はすみます。楽ですよね？

「それで、いい？」と聞くだけ

レストランに行って、彼がメニューからあなたに視線を移したら、オーダーを決めてあげるのはあなた。今日どこへ行くか、予定を決めるのもあなた。それが彼は心地いいんです。彼は黙って、あなたについてきます。だから大切なことの決定権もあなたのほうが多く持っています。あなたは、

「それで、いい？」

と聞くだけでいい。相手が頷いたら、それで決まり。簡単です。

「いいよ。君がそれでいいなら」

という愛想のない返事が返ってくるかもしれません。がっかりしたり、むかついたりしないでください。これが無口な彼の精一杯の誠意です。かわいいものです。

「あなたには自分というものがないの?」と責めたり、「ほんとにもう……。何か言いなさいよ」と、呆れたりしないでください。よく言うことを聞いてくれる、いい人ではありませんか。彼は、大きな子どもなんです。

というわけで、喋れるあなたが、無口な彼をいつもリードして引っ張っていくことになります。彼はあなたのリードとサポートが快感なんです。だからあなたは、無口なことを責めたり、けなしたりして、せっかくの快感を取り上げないであげてください。

「かけがえのない存在」になる

無口な彼の場合は、あなた自身が変わらないといけないことばかりですが、まだまだあります。彼にリードしてもらうことは諦めてください。彼がリードをしてくれないということを尊重してあげてください。でも、「この服にしろ」とか「君は、ハンバーグにしろよ」とか、リードされっ放しで、選択させてもらえない男というのは、あなたには耐えられないのではありませんか。

喋る量が少ない分、彼はあなたのことをよく見ています。リードはあなたでも彼は決して責任を放棄しているわけじゃありません。あなたの心の中をいつもきっと読んでいます。「好き」とか「きれい」とか、心地いいことをちっとも言ってくれないので、自分に興味がないんじゃないかとか、本当に好きなのかとか、どうしても不安になるのなら、ストレスを溜め込む前に本人に聞いてみたらどうでしょう？　でも聞くのは一回だけ。しつこい女は、無口な男に嫌われます。

結婚してからも、あなたがとかく無口な彼の「通訳」を対外的にしてあげたり、フォローしたり、代弁したりと、活躍の場が多いと思います。その一つ一つは、余分に忙しくなるし大変でしょうけど、コツを自分なりに覚えてこなせるようになったら、「しっかり者の奥さん」「できた奥様」と、周りの評価は上がるばっかりです。そして、妻のことを褒められた彼も、とっても気分がいいはずです。無口な彼にとってあなたは、「かけがえのない存在」なのです。

ネガティブでイジイジウジウジ

悲劇のヒーロー

なんでも悪いほう、ネガティブなほうへと、受け止めてしまう男がいます。自分で悪いほう、悪い方へと引っ張ってしまうくせに、いつもそのたび、落ち込んでクヨクヨイジイジして、「この世で一番不幸な男」になりきっています。

彼には、疫病神《やくびょうがみ》や貧乏神が、いっぱいくっついていそうで、太陽の下や、明るく健全な場所が、ちっとも似合いません。普通の話さえ、普通に聞けず、曲がって受け止め、なんでも人や物のせいにして、結局は自分が苦しむのです。でも、その状況を彼は、人が思うほど嫌いじゃありません。とにかく彼は被害者や悲劇のヒーローになりきりたいのです。曲がった性格のくせに注目されたい同情されたいという目立ちたがり屋なので、そばにいる人は疲れちゃいます。

いったんネガティブ回路に入り込んでしまうと、たちまち悪いものばかりを磁石のように吸いつけてしまうので、よくないことが次々と起こり、ますますネガティブ回路から抜け出せなくなります。でもこれは、疫病神や貧乏神、そして運や運命のせいではありません。全てネガティブな男自らが招いていることなのです。

本人は、暗くて秘密めいていてかっこいいと自己陶酔しているかもしれませんが、不幸の種や球根ばかりを背負った男なんて、とんでもないです。できるだけ自分の遠くにいて、人生でかすりもしないでいてほしいものです。ところが職場や学校にも、そういう男はいるものです。彼や夫が、何かのできごとをきっかけに突然、暗い男になってしまうことだってあります。

もともと、そういう素質のある人だったのでしょう。何かをきっかけに、心の中の卵が弾けて、素が飛び出してしまったとか……。

このまま行くと、もっともっと上級の疫病神や貧乏神が集まってきそうです。彼の周りだけ、ドーンと沈んだマイナスのオーラが出ていて、まるで全てのいいことに見放されたように見えます。でもこういう彼の抱えているものは、案外、大した不幸ではないことが多いものです。

小さな苦しみを大きな苦しみにしてしまう

世の中には、真剣に苦しみ、もがいていらっしゃる方が大勢います。不幸を比べるものではありませんが、この男の不幸は、そういう方たちの足元にも及びません。なのに、となんでもない不幸や苦しみが自分だけに来たようなふるまいで、世界中で一番の不幸者になりたがるのです。そうやって、自分をどんどん追い込んでいくと、些細な苦しみが小さな苦しみになり、小さな苦しみが大きな苦しみへと彼の中で変化して頭でっかちになっていくのです。

なんでもネガティブ回路にしてしまう彼のクヨクヨイジイジの暗さを止めてあげられるのは、もうあなたしかいません。

些細なことでもイジイジネチネチ文句や愚痴ばかり言っている彼の話なんて、誰も聞きたくはありません。人を褒めたり、物事を普通に捉えることが全くないのですから、前向きなことが全然出てこなくて、聞くほうもうっとうしくて重苦しいだけ、ちっとも楽しくありません。でも彼は、自分がどんなに苦しんでいるか、どんなにイヤな思いをしたか、どんなに辛いか、どんなにイライラさせられているか、アピールをして聞いてもらいたくてしようがないのです。さらに、「ほんとよね」と、優しい言葉とともに同情までしてもらわないと納得できません。

誰も聞こうとしないので、小さな話をもっともっと嘘で膨らませて、注目と同情を集めたがっている可能性もあります。それでも傍《はた》から見たら、どうせ小さな小さな不幸話です。その内容たるや、「○○がこう言った」とか「○○にこんなこと言われた」とか「○○の返信がない」とか、些細なことばかり。大ざっぱな性格の人なら聞き流したり見逃したりしているようなことです。よくもこんなことでネチネチと……思わず「はあ？」と聞き返したくなりますが、そこまでです。

「そんなことでえ……？」などと上から目線で絶対に言っちゃいけません。彼に深夜、午前二時とか早朝午前五時頃に、メールや電話でグチグチやられると、爆発しそうなほど頭にきます。自分のことしか考えていないので、彼は平気でこういうことができるのです。

自分にしか興味がない

私の場合、僧侶というお役目がら、深夜や早朝の連絡は「死」と結びつきやすく、（誰が？）と、心臓がドキッと痛くなります。でもほとんどが、近くもない知り合いだけれども連絡先を知っているという立場の方からの小さな悩みの連絡が多く、（こんな時間にしてよ）と思っても、その怒りを直接言うことがはばかられ、呑み込むしかありません。メールを送るのに人に迷惑をかけない時間というものを教えるため、すぐに返信せず、あえて朝九時以降にしか返事をしませんが、相手は「大変大変」と、自分のことしか考えていないので、私の返事が遅いことをまた責めてきます。

この世で一番不幸と思っている男たちは、実は自分にしか興味がないので、相手がどんなに迷惑しているかなんて、全く考えてもいません。むしろ自分がメールしてあげることにより、あなたが喜んでいると思っているかもしれません。

放っておくと、私のように今度は「なぜすぐ返信してくれない？」「どうせ後回しだ」などと、もっとイジイジウジウジネバネバと文句が来ます。メールや電話が来ただけで、こっちに疫病神たちが引っ越ししてきそうで、（はあ……）と、一挙に暗くなります。それでもイジイジ些細なことでも悩む男の場合、傾聴してやらなくては、お互いに前進できません。

エネルギーを奪われないように

とにかく聞いて、吐き出させること――これがイジイジまっ暗けを少しでも減らす解決策の一つなのです。こういう彼の「悩み」といっては軽すぎて「悩み」という言葉がかわいそうですが、彼の悩みを少しでも減らしてあげたら、しばらくの間あなたは用なし。ぬかるみに入ったようなネバネバと重い彼の愚痴から、しばし解放されます。でも、また何日かすると、一挙に重暗くなるような連絡が彼から来るんですけどね。

とにかく聞いてやることです。ところが対面している間や電話で話を聞いてやっているだけでも、どんどん彼が、あなたからエネルギーを奪っていきます。エネルギーは、人から人へ流れる、そういうものなのです。だからあなたは、けっして体から気を抜かず、正面で構えていてください。何かをやりながら電話で話を聞くのも、スキができますからやめてください。ただ、話を真剣に聞きすぎるとドッと重暗くヘトヘトになるので、対面している時は、目だけは彼に向けたままで、耳と頭の中は右から左へと解放するのです。むずかしいですが、気は抜かず、でも五感には力を入れすぎず、目で真剣なふりをしてください。あくまでもふりです。でないと、そこからエネルギーをまた奪われてしまいます。

誰かに会って、その日、すごく疲労を覚えることがありますよね？　早く寝て休んだらいいのに、それもできないくらい動けない日が。それは、相手にエネルギーを吸い取られすぎたのです。自分が気づかない間に、相手にどんどんエネルギーを吸い取られてしまったのです。相手だってけっして意識しているわけじゃないのに、相手の体がエネルギーに飢えていて、あなたから悪気なく大量のエネルギーを奪っていっちゃったのです。会っているうちに相手の顔が、どんどん生気を取り戻し、きれいになっていくのを感じたことはありませんか？　でも、エネルギーの大量不足になったあなたは、もうフラフラ状態。

僧侶としてよく相談を受ける私は、人によっては、その後、しばらく歩けなくなるくらいエネルギーをあげてしまっていることがあります。握手でも、エネルギーが移動してしまいます。それがわかってから私は、講演やご供養の前など、これからエネルギーをいっぱい使わなくてはいけないという時は、手を出されても「エネルギーがなくなっちゃうから、握手はこの後でもいいですか？」と、正直にお話しして、大事なことの前にエネルギーを減らさないようにしています。

救ってあげられるのはあなたしかいません。しようがないので、この世で一番不幸な男と信じて疑わない小っちゃな彼の話を、納得してもらえるまでとことん聞いてあげてください。大丈夫です。大した内容じゃないので、延々とは続きません。大体が、心の持ち方次第で変わるような話です。重大な返事をしてやる必要もありませんから、真剣に聞くふりをして聞き流していてもばれません。

「所詮、気にしなきゃいいのよ。あんまり考えすぎると、あなたが体を壊しちゃうよ」みたいな、口先の励ましですむ話です。でも、「あなたが」と、必ず相手をいたわる言葉をつけて言ってやってください。

「不幸のつもりの話」をただ聞かされるサービスだけでは、わりが合わないので、こういう時は、レストランやカフェで、たんまりと自分の好きなものをいただきながら聞いてやりましょう。支払いはもちろん彼。それくらいのご褒美は当たり前です。「この間は聞いてくれてありがとう」と、プレゼントを持ってくるくらいの気のきいた男なら、この世で一番不幸な男になんかなりたがりません。

世の中、いいことと悪いことといっぱいある

世の中には、いいことと悪いこと、光と影、表と裏など、背中合わせのことがいっぱいあります。生きていると、いいこともいっぱいありますが、悪いことも避けられません。そのいいことと、悪いことの割合は、誰もがほぼ平等に与えられているそうです。ただ、

郵 便 は が き

切手をお貼りください。

102-0071

東京都千代田区富士見一―二―十一
KAWADAフラッツ一階

さくら舎 行

住 所	〒 都道府県		
フリガナ		年齢	歳
氏 名		性別	男 女
TEL	( )		
E-Mail			

さくら舎ウェブサイト www.sakurasha.com

愛読者カード

ご購読ありがとうございました。今後の参考とさせていただきますので、ご協力をお願いいたします。また、新刊案内等をお送りさせていただくことがあります。

【1】本のタイトルをお書きください。

【2】この本を何でお知りになりましたか。

1.書店で実物を見て　2.新聞広告(　新聞)
3.書評で(　)　4.図書館・図書室で　5.人にすすめられて
6.インターネット　7.その他(　)

【3】お買い求めになった理由をお聞かせください。

1.タイトルにひかれて　2.テーマやジャンルに興味があるので
3.著者が好きだから　4.カバーデザインがよかったから
5.その他(　)

【4】お買い求めの店名を教えてください。

【5】本書についてのご意見、ご感想をお聞かせください。

●ご記入のご感想を、広告等、本のPRに使わせていただいてもよろしいですか。
□に✓をご記入ください。　□ 実名で可　□ 匿名で可　□ 不可

そのいいこと、悪いことをどれくらいの大きさで受け止めるかは、人それぞれ違います。人から見たら軽い大したことのない苦しみでも、当人にとっては重い岩を体に乗せられ潰されたくらいの苦しみに感じられる時もあるのです。

イジイジウジウジネチネチ男の場合、苦しみの感じ方が人よりきっと何十倍も重いのでしょう。それだけこれまで大きな苦労を経験してこなかったのですから、むしろ幸せな人です。だから、あなたが聞いてやるだけで治ります。吐き出すべきことも小っちゃくて少ないので、あなたが深く受け止めさえしなければ、チョロいものです。ただし、大きなことがドーンと来ない代わりに、彼の元にはコモノが次々とやってきます。あなたはそれを毎回、聞いてやらなくちゃいけないのです。面倒くさいですけど、聞いてやれば彼の気持ちも収まります。でも一度聞いてやった以上、彼は、聞いてほしくて次々と連絡してきます。彼にとってあなたは本当に「あり難《がた》い」存在です。

それがイヤなら、最初にビシッときついことをあえて言って断ったほうがましです。彼になんと非難されようと、いいではありませんか。どうせグチグチネバネバ悪口を言って、人のことを褒めない人です。あなたが真剣になりすぎると、あとで自分が彼の犠牲になったとさえ思えてきて、あなた自身が傷つきます。相手が彼でも夫でも知人でも、けっして真剣になりすぎず、あなたらしさをキープしたまま毒されも染められもせず、話半分以下で聞き流しておいてください。自分のことに夢中な彼は、どうせ感謝もせず、「ありがとう」さえありません。裏切られるとショックが大きすぎて立ち直れません。期待は最初からしないほうがマシです。

イジイジウジウジする暇がないようにする

それともう一つ、いっそのこと彼の体質改善をしてあげませんか？　体と心は繋がっています。体を変えたら、彼の心もいつか前向きに変わってくれるかもしれません。眠れないから深夜や早朝も構わず話を聞いてほしいとグチグチネチネチくっついてくるわけで、彼が、夜ぐっすり眠れるように疲れさせてあげたらいいんです。

まずは、ジョギングや早足ウオーキングをさせます。あるいはジムに誘うんです。体を使って疲れさせれば、夜眠れるようになります。いい睡眠が取れれば、考え方も少しは明るくなります。体が健康的になれば、小さなクヨクヨを大きく膨らませて、人から同情や注目を浴びようとすることもくだらなく思えてきて、やめてくれるかもしれません。自分の体がシェイプされて、自分の外見にも興味を持ってくれたら、些細な悩みでイジイジしている暇がなくなり、もっともっとシェイプアップしてきれいな筋肉を作ろうと、頑張れるはずです。要は、彼からイジイジウジウジする時間と興味を取り上げてしまうわけです。ジョギングやジムなど、あなたが誘った以上、当分の間は一緒にやってあげないといけないのですが、それも彼が自立できるまでです。同伴のサービスということになるので、入会金も彼に払わせちゃいましょう。

縁あって出会った人だから

彼が多少なりとも太陽の下が似合う男に近づいてきたら、お世話係のあなたも解放されることでしょう。それとも、そこから恋が始まる？

ある二十代の女性が突然大病を発症して入院し、「私は世の中で一番不幸な女」と毎晩、病院のベッドで泣いていたそうです。人にお見舞いの言葉を言われても「やっぱり私は、不幸な女だったんだ」と、悲劇のヒロインにどんどん入り込んでいきました。確かに悲劇のヒロインにふさわしいくらいの大変な病だったのですが、大病前からつき合っていた彼が、

「結婚しようよ。大丈夫だよ、二人で力を合わせれば」

と、毎日プロポーズをし続けたことによって彼女は、ようやく気づけたのです。

「人はいつ死ぬかわからない。元気な人だって明日何か起こって死んじゃうかもしれない。病気の私は、余計に明日のことがわからないんだから、今日できることは、今日のうちにやっておこう」……と。

大変な重病でしたが、日々の目標を探し持てたことによって、彼女の病状も少しずつ軽減されていったのです。

辛い気持ち、苦しい気持ちも、自分持ちです。自分の心次第です。心の持ち方一つにより、小さな苦しみが大きくなったり、大きな苦しみが小難ぐらいに捉えられたりもします。そのことを「イジイジ彼」に教えてあげるのも、あなたのお役目ではないでしょうか？彼でも夫でもなんでもない人なのに？　そう言わず、縁あって出会った人です。その人の心の苦しみを軽くしてあげられたら、きっといつか「徳」が何倍にもなってあなたの元へ返ってくることでしょう。

今に、彼のグチグチにもあなたのほうが先に慣れて、「またなの？　仕方ないわね、じゃ聞いてあげるわよ。その代わり今、忙しいから30分だけね」と、あしらえ、小っちゃな煩わしいこと程度に捉えていけるようになるかもしれません。

世の中で一番大切なのは母親

マザコンでよかった

「実はマザコン」という男と、つき合ってしまった、あるいは結婚した……という女性。少なくありません。でも、けっして手遅れでも苦労の種でもありません。かえって相手がマザコン男でよかったじゃないですか。難しいことを考えず、私のプライドがどうのこうのとかは捨てて、彼の母親をとにかく褒めておけばいいのですから。そうすれば彼も母親もご機嫌で、すべてうまくいくはずです。

彼は、とにかく母親が大好きです。母親が人としてナンバーワンであり、母親が理想の女性で、世の中で一番美しく、優しく、賢いと信じて疑いません。だから「彼がマザコン」とあなたが気づくまでの彼の言動は、全て母親の指示に従っていたはずです。ということは、あなたは彼（夫）の母親から認められていたということですよね？　よかったではありませんか。なかなかマザコン男の母親の眼鏡にかなう女性っていませんから。

マザコン男性にとって、母親の言うことは絶対です。白いモノでも母親がクロと言ったら、クロで間違いありません。なんでも母親の指示を仰ぎ、母親の言う通りに行動してきましたし、これからもそうです。母親に見放されるのが一番怖いので、母親に逆らうことは絶対にしません。何につけても母親の許可が出なければ、却下。彼には自分の意思がありません。

母親への愛が強すぎるので、常に母親と比較して、あなたのことを下に見たり扱ったりするかもしれません。時には、母親を尊敬するあまり、あなたのことを嘲笑さえするかもしれません。でも、相手は母親のことしか頭にないので、あなたに気の毒なことをしているなんて全く気づいてもいません。

あなたが、母親と違うことを言って、たとえそれで彼がイエスと返事をしたとしても、母親の言うことと違っていたら、本心はノーで、結局はあなたの言うようには動きません。彼は、母親の言うことしか聞きません。母親の言うことを聞かないということが、とてつもなく怖いのです。

キレたくなることは度々

「ママが」「お母さんが」「おふくろが」と、ふた言目には、母親のことが出てきて、もううんざり。その「ママが」「お母さんが」……と言う時の鼻にかかった甘えた言い方や、デレッとゆるんだ顔にむかついたり、吐きそうになったり……。「じゃあ私は？」「私はなんなの？」「私とお母さんと、どっちが大事？」と、キレたくなることは度々……。

それでも彼と一緒に生きていきたいというならば、彼とではなく、彼の母親と共に生きる覚悟をしてください。かなり大変そうですが、大丈夫です。「マザコン男」の場合、あなたの頭の中を切り替えるだけでいいんです。「プライド」とか「私が」とか、難しく考えなければ簡単なことです。「自分が実権を握ろう」「自分のやり方で、これからもやりたい」と自我を出すことによって、自分を追いつめ、自分が辛くなります。自我は煩悩です。「自分が」と自分に執着すればするほど自分が苦しくなっていくものです。苦しみを軽くできるのは、あなたの心次第です。

彼と同じように、なんでも笑顔で「はい」と、母親の言う通りにしてあげていれば、あなたの将来は安泰です。時々、外出をして、彼や彼の母親の目の届かないところで、はめをはずしてストレス解消をすればいいんです。時間と頭は使いようです。

彼の母親の幸せを優先してあげる

彼に愛されたい、そして愛の力で彼を自分だけのものにしたいと思うから、母親と対立するのであって、悔しくても、嫌でも、彼と母親の幸せを優先してあげたら、徐々にトゲが減っていくと思います。争わないほう、対立しないほうへと常に心がけて選択していけば、お互いに心がガサガサしないし、万事うまくいくというものです。

彼に愛されていると過信しているから、母親より上のポジションにいるつもりの自分としては、母親にひと言、言い返さなくては気がすまなくなります。母親はあなたになれないし、あなたも彼の母親にはなれないし、なろうとも思いません。

彼が愛しているのは、母親。一番大切なのも母親。これは、ゆるぎないものです。このマザコンぶりを素直に表に出している「マザコン男」と、隠しているつもりの「マザコン男」がいますが、いずれにしても彼らの心の中に君臨しているのは母親です。

もし、母親と自分が同時に海で溺れていたら、彼は間違いなく母親を先に助けるということがわかっていれば、彼や母親から何を言われてもむかつきません。彼から母親を奪おうなんて、とんでもありません。奪えるわけがありません。彼と母親との間には、誰も入ることのできない強く太い絆があるのですから。

とにかく母親の指示に従うのも一つの手

あなたは彼の恋人や妻であっても、常にセカンドです。それを自分の中でよく消化し、認識させておいてください。母親の料理が、たとえおいしくなくても、夫は母親の料理や味付けが大好きです。レストランでおいしい料理を食べて「おいしい。最高」と、たとえ彼が言ったとしても、母親の料理は別格なのです。

料理に限らず、何に対しても私のほうがと、母親に敵対心を抱いたり、母親と競うのは、心が疲れるだけです。母親の指示に従ってください。掃除も、洗濯も洗濯物のたたみ方だってすべてそうです。一緒に生活してこなかったんですから、違うのは当たり前。母親も、あなたのやることなすことに文句を言うでしょうけど、吐き出してくれたほうがまだまし。怖いのは黙っている母親です。陰で何を言っているかわからないし、母親のほうこそストレスを溜めすぎて心の病気になってしまうかもしれません。そうしたら、介護しないといけないし、かえって厄介です。円満のために、言いたいことはあえて言わせときましょう。

マザコンという新しい世界に入っていく覚悟をした以上、まっ白な心で、この際、なんでも母親から吸収していきます。家庭料理が口に合わなければ、外出した時、隠れておいしいものをいっぱい食べだめしといたらいいんです。母親は溺愛する息子のことで頭がいっぱいなので、あなたの外での行動まで頭が回りません。マザコン男の母親は、お金を持っているものです。息子以外のことに関しては「ケチケチ」という母親の場合も想定して、あなたが遊びで使うための隠し預金だけは、今から必ずしておいてください。

「私が」「私が」と、自己主張しなければ、こんな楽に取り扱える男はいません。すべて母親にまかせておけばいいのです。なんとののしられようとも、バカにされようとも、笑顔で「はい」。あとは「お母さまがお上手だから」「さすがお母さま」と褒めていれば、そのうち「気がきかないけど憎めない子ね」となってきます。褒められて気分の悪い人はいません。褒めて、褒められていれば、やがて関係はプラスに向きます。愚痴って愚痴られて、怒って怒られていれば、関係はマイナス方向に行くばかりです。

妻でも愛人でもなく「間女」

そうこうするうちに子どもが生まれたら、こっちのものです。立場が逆転します。主導権を握るのは、あなたです。孫がかわいくてしようがないので、母親はあなたの言うことを少しずつ尊重するようになっていきます。たとえ夫の母親が孫の育児にうるさく関わってきたとしても、あなたが子どもの母親です。何を言っても、母子の縁は切れません。息子が母親を愛して愛してやまないように、あなたの子どもも、母親であるあなたのことが大好きで、百パーセント信頼しているのです。一方、夫はというと、子どもに嫉妬して、あなたにベッタリです。意識と手間が子どものほうへ行きっ放しになったあなたは、そのうち夫がマザコンでもなんでも、どうでもよくなります。

夫の母親が亡くなったら、今度はあなたが夫の母親をやってあげる番です。妻であっても永遠にマザコン夫の妻になれない運命ですが、マザコン夫を持ってしまった以上、仕方のないことです。

マザコン男と甘い「恋人関係」になるのは、最初からあきらめてください。赤ちゃんごっこをマザコン男がしたがることはできても、大人の男の愛し方は、マザコン男には多分できません。「ヨチヨチ」とあなたの胸に顔を埋めさせておいて、家の中を牛耳《ぎゅうじ》ってやったら、夫なんてチョロイものです。あなたの思い通りです。

銀座にある入会金百万円の「超高級愛人クラブ」の女性たちにインタビューをさせても

らったところ、四十歳以上のセレブな妻帯男性の多くは、若くてきれいな女性たちのデコルテと乳房に魅《ひ》かれているそうです。胸に顔を埋めて幸せそうな顔をしていたり、チュパチュパずーっと乳房を吸っている社会的地位のあるセレブ男性もいるそうです。男の人って年を重ねても、どこかしらマザコンの一面があるようですね。

超高級愛人のように、エステでお金をかけてデコルテを磨き、彼（夫）にもチュパチュパさせて甘えさせてやれば、赤ちゃん返りした彼（夫）は、一生あなたから離れられませんん。

何度も言いますが、あなたは、妻でも「愛人」でもなく、母と息子の狭間《はざま》に位置する「間女《まおんな》」だと解釈してください。

あなたが疲れ果てず、放り投げず、離婚をしないでいられたら、いずれは資産もマザコン夫も自分の支配下になります。それには何十年かかるかわかりませんが、夫の母親が何でも仕切ってくれるのなら、生活の心配もないことでしょう。しかし、あなたが、いつも笑顔でなんでも「はい」「はい、お母様」と、他人の母親を大切にできない性格なら、マザコン男を取り扱うのは無理です。マザコン男とわかった瞬間から退散したほうが、時間を無駄にしないですみます。夫の収入まで母親が仕切るようなケチケチ母でしたら、夫に、

「お義母さんからいただく生活費では足らないわ」と、夫のお小遣いから分けてもらったり、パートをしたり、義母以外のところからお金を得る手段を考えましょう。

どんなに母親がケチってお金を貯めていても、亡くなったらあなたのものです。せいぜいケチって貯金をいっぱいしてもらっておきましょう。そう考えればストレスも減ります。文句を言うより、努力して、やりくり上手になってください。

こんなときは去る勇気を

もう一つ、即座に退散してもらいたい母子関係があります。

私は取材で、とんでもないケースに何回か出合いました。それは、夫とその母親との間に、肉体関係がある場合です。学生の頃から母親が、息子の性欲処理の相手をしていたという恐ろしい母子が何組かいたのです。私が出会ったのは、そういう夫を持った女性たちでした。

たまたま予定より早く帰宅したり、夜中に変な物音に誘われて義母の部屋の前へ行ったら、夫と義母のあられもない声を聞いてしまったとかいう女性たちです。それで離婚をした女性もいましたが、お金に困らない生活を失いたくなくて、愛人やホストと遊びながら結婚生活を悠々と続けている女性もいました。でも普通は、母子の肉体関係を知ってもなお結婚生活を続けられるほど、心がタフではありません。

ダメなら潔く今の生活を捨て、去る勇気を持ってください。決して脅かしたりせず、静かに笑って口止め料をたんまりいただきましょう。大丈夫です。こういう母子関係は、あなたの家だけではありません。

単にママのことが大好きで何歳になっても「ママー」「お母さん」と、マザーファースト男性の場合は、他にあなたがいるだけで女性は十分。浮気もしません。母親の気持ちを傷つけたりしなければ、怒ってあなたに暴力を振るうこともありません。

大人の男の体をした「よその大きな子ども」がいると思って、常にその子の母親を褒めてあげましょう。マザコンでなくても男性は、母親のことを褒められると、とても嬉しいものです。

きれいでなくても、「きれいなお母さん」と、母親と息子の両方に言っておけば、二人とも悪い気はしません。実際にはきれいでなくても、女性は「きれい」と言われたら、何歳になっても嬉しいものです。そして息子も、自慢の母親が「きれい」と褒められたら、やっぱり嬉しくて、母親をいつも褒めてくれるあなたを手放したりできません。

どうしても、きれいと思えない女性でも、「肌がきれい」とか「色白」とか「皺が少ない」とか「センスがいい」とか、どうにでも褒め方があるはずです。ものは受け止め方次第です。母親の手のひらの上であなたが転がされるのでなく、実は、あなたの手中に夫も母親もいます。そう考えればこの先、おもしろくなってきませんか？

「物」「人」に対して潔癖すぎる

「物」に対して潔癖症

潔癖症といえる男性がいますが、実は私自身も潔癖症に近いのではないかと思っています。私の場合は、人に対してでなく「物」に対しての潔癖症といえるかもしれません。

私は、前々からずっと、ATMや自動券売機の画面とかエレベーター、バスの「降ります」などのボタンに素手で触れないのです。いつもアルコールティッシュを指に巻いたり、ATMのスクリーンを拭いてからでないと、指紋がいっぱいのところを触ることはできません。

新幹線や特急電車の肘かけや、飲み物を載せたりする窓の横の台など、しっかり拭いてからでないと安心して席に着けません。

新幹線内のお掃除の仕方をホームで見ていると、時間がないためか、一枚の布でテーブルにチョイと触れる程度にしか拭いてくれていません。はたして座ろうとして座席を見れば、お菓子やお弁当の食べこぼしが普通に残っています。咳《せき》の飛沫《ひまつ》が飛ぶ壁までしっかり拭いている私の姿を見て、イヤな顔や不思議そうな顔をする乗客もいますが、レストランで前のお客の食べかすの残っているテーブルをそのままあなたは使えるでしょうか？　自分で拭くか、お店の人にきれいにしてもらいますよね？

でも、新型コロナウイルス感染症という大疫病が流行し、私のこういう物潔癖症の行動を多くの人がするようになって、変人扱いの目で見られなくなりました。私のアルコールやコーヒーアレルギーに対しても、長年さんざん変人扱いされてきましたが、時の流れのおかげで、少しずつ受け入れてもらえるようになってきました。

「人」に対して潔癖症

若い男性で増えてきているのは、人に対して潔癖症な男性です。つき合っているのに手が握れない、好きな人の体を触れない、キスができない……という男性です。だから「セックスレス」な若い男性が増えているのです。潔癖症で触れないから、「セックスレス」

は当然の結果です。私は男性女性のセックスレスについては、かなり取材を重ね、小著も二冊出版していますが、そういう男性は、学生時代に優等生だった人や、頭のいい男性に特に多いようです。彼らは、全くギトギトしていなくて、植物系のきれいな男性たちです。

いつまでも手を洗っているという人、見たことないですか？

そういう潔癖症の男性と、つき合うようになってしまった……。潔癖症以外は、何の文句もないのに、人の体には触れようとしない。誰かの手が偶然触れてしまったら、露骨に気持ち悪がったり、気持ちが滅入ったりしている。人の体に触れた後は、しつこいくらい手を洗っている……。

とにかく「汚いから」男

ある関西の裏稼業の男性と一時期つき合っていたという若い女性に、別の取材でお会いした時、取材後に、その彼のことも話してくれました。彼女より十五歳年上の「裏稼業彼」は、すごい潔癖症だったそうです。お付きの若い衆が、いつもクーラーボックスに何十本とおしぼりを入れて同行していました。一時間に何回も手を拭きたがるので、おしぼり役の若い衆は、少しも離れることができません。高級キャバクラで働いていた、胸がメロンのように大きく、とってもかわいいその女性を口説き、ついにホテルへ行ったまでは問題なかったのですが……。

「『汚いから三分間歯磨きしろ』って、部屋に入ったら時計を見ながらすぐに言うんです。終わったら、『汚いから、しっかりシャワーで洗っておいで』って。『汚いから』をいちいちつけるんですね。（おかしいな）と思いながら、ベッドに入ったんだけど、『汚いから』って言って、キスも表面的にチュッとするだけ。そのくせ、自分の体は舐《な》めろとか、いろいろうるさく注文するの。私には『汚いから』って、なにもしてくれなくて、いきなりやるんです。まあ、びっくりしたけど、いっぱいお小遣いくれたし、お仕事の延長と思えばいいかと思って」

コトが終わってから、その男性は、走ってバスルームに行き、念入りに体を洗っていたそうです。

「汚いから」という言葉が、どんなに相手を傷つけているか、気づいていないんですね。

その女性が彼と一緒に歩いている時、子どもがそばを走って通れば、「汚いから」と、彼女の体をいきなり押して、転びそうになったことも。また、エスカレーターに乗れば、「汚いから、真ん中に立ちなさい。手すりは一番汚いから触っちゃダメだ！」と、とにかく万事にうるさくて、会うたび、疲れ果てちゃったそうです。

その潔癖裏稼業の組長には、姐《ねえ》（妻）さんと、小学生の女の子が一人いました。

家ではどうなのか、彼女がこっそり若い衆に聞いたところ、「汚いからと言いたいのをひたすら我慢して、家では普通にしてるようですよ」と、恐る恐る教えてくれたそうです。「汚いから」とでも言おうものなら、「あんたねえ、さんざん私に苦労させといて……」と、何倍も機関銃のようにまくしたてられるので、グッと堪えているそうなんです。家の中では、おしぼりもなく、「あなた、私が汚いっていうの⁉」と、怒られるので、手もいつものように度々、しつこく洗うこともできません。裏稼業の男性は、姐さん（妻）には、めっぽう弱いものです。苦労をさんざんかけていますからね。その反動なのか、外では「汚いから」の大放出です。「汚い」なら、不倫もやめたらいいのにと思うんですが、無類の女好きで、これればかりは汚くてもやめられなかったそうです。

人を汚いと見下す

また、アーティストとして、いい仕事をするある有名な男性も、人潔癖症です。その人の場合は、母親にしか自分の体も物も触らせません。容姿も悪くないし、頭もきれ、収入も多いのですが、結婚はしていません。彼女ができても、いつも長続きしません。自宅には母親しか入れないそうです。母親が亡くなったら、どうなっちゃうのでしょう。

清潔を保つことは、とてもいいことだと思います。でも人の見ている前で、自分のことを棚に上げておいて、人を汚いと見下すのは、イヤな男です。

こういう男性のあなたへの異常な潔癖症を解決する方法は、信頼関係です。信頼関係がしっかりできたら、彼は信頼する人のことを汚いと思わなくなるものです。

前述の裏稼業の男性が、妻の前で「汚い」と決して言わないし、異常なほど手を洗ったりしないのは、怖いからではなく、実は妻のことを強く信頼しているからだと思います。

彼の潔癖症を気にせず放っておく

彼が信頼し、あなたの全てを許し、受け入れられるようにするには、どうしたらいいでしょうか。ちょっと時間がかかりそうですよね。

まずは、彼の潔癖症を気にせず放っておきませんか？　気にしないなんて無理！　と即答しないで、気にしない努力をしてみませんか？　文句を言わない。やりすぎと注意もしない。好きなだけさせておいて、イヤな顔をしない。第一に、あなたが彼の行動に慣れることです。

信頼関係を築くには、会話です。あなたが話すよりも彼の話をしっかり聞いてあげて、彼という人間をこれまで以上に、よーく知ってください。

彼は、多くの人に理解してもらわなくていいんです。今までだってそうだったんですから。あなた一人が理解者になってあげるだけでいいんです。「汚い」と言われたり、そう思われてるなと感じたら、

「あ、そうね。洗ってきましょうね」

と、サラリと笑って行動をします。何を言われても笑顔です。

（こいつ、いつもニコニコして、おかしいんじゃないか）

と思われても、笑顔は人を悪い気にさせません。もし、あなたのきれいな笑顔を邪魔する原因があれば、彼のためにできるだけ直してあげてください。たとえば笑顔になったらよく見える歯並びの乱れた前歯とか、色の変わったムシ歯のことです。

ウミを持っているような吹き出物のある顔を潔癖症の彼が触ることはできないと思うので、彼のために治療してあげてください。首を動かした時、彼の顔に髪の毛が当たらないようまとめたり、髪は決して体の中で清潔な部分ではないので、触りすぎたり、かき上げ

すぎて埃やフケを飛ばさないよう気をつけたり……。あなたができる清潔活動は怠らないであげてください。

すべて彼のためです。でも、これって、好きな人のためなら普通のことですよね。つき合いが長かったり結婚した後は、手入れを怠ってその立場に胡坐《あぐら》をかき始める女性もいますが、怠《なま》けずいつもきれいを心がけていてください。

不潔な男より、ずっといい

愛情を持って見守ってあげる。そうすれば、彼はあなたのことを信用するようになり、少しずつ少しずつ、あなたの体に触れる回数や範囲が増えていくと思います。「病気」といってしまえば、あなたは気が楽ですが、それでは彼がかわいそうです。

潔癖症なのは個性と捉えて、否定をせず、笑みを絶やさず、気長につき合っていってあげてください。でも不潔な男性より、ずっといいのではありませんか?

「そういう人」「そういうもの」だと思って、手を洗いたいだけ洗ってもらったり、あなた自身や、見えるところや見えるものを率先してきれいにしていったら、彼の潔癖症も徐々に落ちついてくると思います。清潔でないと許せないという彼なりのこだわりが、いくつかあると思います。それは許容してあげましょう。

洗いすぎで手が荒れていたら、クリームなどを彼にあげたいのも、あなたなら当然の思いやり。でも、そのクリーム選びにも許可が必要かと思います。せっかく買ってきてあげても却下されるかもしれません。こだわりがあるので、彼が使っているクリームしか、ダメかもしれません。買ってきてあげても、新しい商品に抵抗を示すかもしれません。それでいいんです。慣れれば、それも普通のことです。

何ごとも、こだわりや抵抗から却下されるかもしれないので、いちいち許可を求めたり、却下されても怒ったりがっかりしたりしないで、「そう。じゃ、やめときましょうね」なんて言って、サラリと笑っていてください。

彼は、そういうキャラなので、慣れればなんでもないことです。あなたに対して「汚い」という態度を示さなくなったら、信頼を得ることができた証拠です。彼は、あなたの一生モノになりました。コツさえつかめたら、彼の潔癖キャラは楽しいものです。

第3群　自分がかわいい

いつもＮＯと言えない

「いい人」が自慢

ここで「ＮＯ」と言わなかったら大変なことになる。なのに後先のことを考えられず、ＮＯと言えない男がいます。

信じられないことですが、ＮＯと言わないのは「いい人」だからと、自慢に思っている男がいます。

人づき合いや仕事をうまくいかせるには、何を言われても絶対にＮＯと言わないという生き方も、世の中では流行していますが、これができるのは、自分の生き方に責任を持てる大人たちだけです。単にＮＯと言えない男は、ＮＯと言わなかったらどうなるか、後のことが考えられないのです。だから「ＮＯと言わない生き方」とは種類が全く違い、とんでもないことです。

彼女や妻のいる男が、同僚の女の子などと飲んでいて、その子が酔いにまかせて「今夜は一緒にいて」と抱きついてきたら、彼はNOと言えません。それがばれても、きっと「だって、一緒にいてと頼まれたんだもん」と平然と言うでしょう。彼はNOと言えないんじゃなくて、彼の中にNOという言葉がないのだと思います。

「NOと言えないのは優しい男《ひと》だから」と思っていたら、大間違い。傷つきたくないからNOと言いたくないのです。こんなに自分がかわいいという男は、大問題です。

こういう「NOなし」男は、浮気をするとすぐに大ごとになるタイプです。NOなし男の浮気の場合、妻やステディな彼女が、自分の男に対してでなく浮気相手の女性に対して怒って責めるものです。

「ウチのダンナに手を出して」

「よくも私の彼を盗ったわね」

「早く返しなさいよ」

浮気はフィフティ・フィフティ

ＮＯなし男は、自分がかわいいだけなので、こういう時も、何の役にも立ちません。それを熟知している妻や彼女は、浮気相手の女性を責めていくものです。でも、それは実は変なことなんですよね。なぜなら、どんなに浮気相手がチョッカイを出そうと、どんなに色モノで迫ろうと、彼の体が反応しなければ、寝盗ることなんてできないんですから。ということは浮気相手の女性が百パーセント悪いわけではなく、およそフィフティ・フィフティです。でもＮＯなし男では、らちがあかないので、一方的に女性のほうが責められることになるのが普通です。民事裁判も変ですよね。浮気は二人の共同作業で夫にも非があるのに、どうして妻が勝って愛人が慰謝料を請求されるのでしょうか。けっして愛人の肩を持つわけではありませんが。

こういうことは、男がすべて、ＮＯと言えないがために発展してしまった問題です。それでも、このＮＯなし男を夫や恋人にしてしまった……。さあ大変です。犯罪を犯すわけでもない。怠け者というわけでもない。人並みの生活や仕事ができるのに、厄介なことが彼の周りで次々と起こっているのです。すべて彼がＮＯと言えなかったせいで。

決して尻拭いはしないこと

主導権を握って、なんでもあなたの言う通りに彼を動かすというのも一つの「手」ですが、それですと、次から次へ彼が悪気なくしでかす問題の責任までも、あなたが取らなくてはいけなくなります。つまり「共《きょう》依存」の関係で、これでは、あなたが彼の「お母さん」になってしまいます。

愛情を持って突き放しておくのは、じれったくてイライラハラハラしっ放しですが、これもひとつの「手」です。

彼が失敗したら、尻拭いせず、あくまでも彼に責任を取らせましょう。（ああ、これは失敗するなあ）と、賢いあなたはすでにわかっていますよね？　でも、「ころばぬ先の杖」では、彼の成長は望めません。強い忍耐力が必要ですが、傍観して失敗させることも愛だと思います。

ＮＯと言えなかったがために起こった浮気だけでなく、返ってきそうもないのにお金を貸しちゃったり、それだけでなく、借金してまでお金を融通したり、彼の仕事上で上司の責任を取らされたり……。「なんで、はっきり断らないのよ！」と、あなたにとっては信じられないようなことが次々と起こるかもしれません。

それでもあなたは、彼の代わりに後始末をしてやらないでください。責任感のある大人なら、「ＮＯ」と言わざるを得ない時もあるということを身をもって教えてやってください。「ＮＯ」と言わない人が「いい人」とは限らないのです。彼はきっと、あなたほど大変なことが起こったと認識していません。きっとあなたがなんとかしてくれて、なんとかなるだろうという潜在意識が働いています。怒ったり文句を言うということは、彼を救おうという気持ちがある証拠です。だから彼のために構わないでやってください。

他人事の顔をしている新人マネージャー

今から二十年くらい前、当時私が所属していた芸能事務所の二十代のマネージャーが、そういう「ＮＯ」と言えない男性でした。

いろいろ教えてもらって勉強するようにと、当時の事務所は新人マネージャーを私によくつけてきたものですが、その彼には、所属のタレントを守るという気持ちはさらさらなく、とにかく自分を守ることだけを考えて行動する男性だったのです。

芸能事務所が所属するタレントを守りマネージメントすることは、当然の仕事です。ところが、ある日、彼はダブルブッキングをしました。某日、私には講演の仕事と、そのあとロケの仕事が入っていました。それは事務所のデスクが入れていた決定事項で、スケジュール表には、前々からしっかり入っていました。講演の仕事が終われば、そこで待っていてくださるロケ隊の車に乗って、そのまま移動です。

ところが、新人マネージャーは、その講演とロケをしている時間に、別のテレビ番組のロケスケジュールを重ねて入れたのです。A社のロケで講演後も押さえているのに、別のB社のロケを入れて、夜遅くまでのスケジュールをOKと返事したのです。

つまり講演とA社のロケとトリプルブッキングです。スケジュール表にそれが堂々と入っているのを私は前日に見つけ、(大変！　大変！)と、すぐに事務所の上司に連絡をしました。上司も「大変！　大変！」と、すぐにB社に謝罪しに飛びました。もう私は、唖然とするやら、上司の結果待ちでイライラハラハラドキドキするやら、事務所の中で立ったり座ったり歩いたり……なのにマネージャーは「なんでそんなにカリカリしてるの？」とでも言いたげに私を見はするものの、淡々と電話を受けて仕事をしているのです。

結局、B社をお断りして、上司のおかげで当日はトリプルブッキングせずに収まりました。憎らしいほど他人事の顔をしている新人マネージャーに、

「どうしてトリプルブッキングを承知でスケジュールを重ねたの？」

と尋ねたところ、

「スケジュールが入ってますと言ってB社を断ったら、B社を怒らせることになると思って……」

全く反省の色なく言っていました。まさに「NOなし」男で、自分がしでかしたことの重大さがわかっていないのです。

断ったら相手を怒らせるのでなく、ダブルブッキングをしたら、もっと相手に迷惑をかけ、怒らせるというところまで考えられなかったのですね。

呆れ果てた私が、さらに新人マネージャーを追及しましたら、

「断って、B社に自分が悪く思われるのがイヤだった」

と、陶器のようなツルッとした表情のまま、ついに本音を漏らしました。信じられないことですが、NOと言えない男は、こういうことを平気でできるのです。

だから、女に抱きつかれて「今夜は一緒にいて」と、たとえ嘘泣きでも泣かれたら、(NOと言って彼女に嫌われたくない)と、後にやってくる酷《ひど》くめんどくさいことも考えず、彼女の言うなりになってしまうのでしょう。別にその彼女に嫌われたって、大したことではないのに。大事なのは、NOと言わなかったがために、一番大切な恋人や妻を傷つ

けるということに彼が気づいていないことなのです。でも、そういう人なんです、彼は。そうやって人生を歩んできたんです。

やっぱり彼の中にNOという選択肢は、存在していないのです。

私の長い芸能生活の過去には、他のいくつかの芸能事務所時代にも、トラブルが起こり、「君がしたことは、家田に言われたからなのか?」と社長が聞いた時、NOと言えず、「はい。家田の指示で……」と、嘘を言ったマネージャーがいました。

こういうことは、事務所を変わっても変わっても、くり返し起こりました。社長もマネージャーも、私のせいにしておけば、「いかにも」なので、何ごともなかったように無事にコトを終えられるのです。そうして何が起こっていたのかさえ知らない私のほうが、突然クビにされたり、他の事務所に移籍するよう言われたりして責任を取らされたのです。ミスをしたのも嘘をついたのもNOと言わなかった彼らなのに、何ごとか起こった雰囲気さえなく、私一人が去るだけで、風景は何も変わりませんでした。

今、振り返ってみると、たとえ私がそこでクビにされなくても、そういう芸能事務所とは、いずれ別れが来ていたと思います。

自分が一番かわいくて

ＮＯと言えない男は、自分が一番かわいくて自分擁護ばかりで、あなたのことは、二の次です。それに気づいた地点で、離れるに越したことはありません。先々、苦労をさせられます。でも、すでに夫になってしまっていたり、ＮＯと言えない以外はいい人だったり、まだ愛情が残っていて別れられないならば、あえて彼に旅をさせ、失敗して学んでもらいましょう。

あなたがいちいち尻拭いしていては、彼はおじさんになっても大人に成長できません。大人になれないまま、次々と問題を起こしたら、あなたの堪忍袋の緒も遠からず切れて心深く傷が残ります。もし、あなたが無責任な女なら、「ＮＯなし男」とメチャクチャな破滅的生活を楽しく送っていくこともできると思いますが、あなたはそんな無責任でいられる人ではありません。

次は何をしでかすか、何が起こるか、ドキドキハラハラ……。それを楽しめる人なら、苦しむこともないでしょうけれど、そんな不安や心配を常に抱えていると、あなたはストレスが溜まりすぎて今に病気になってしまいます。病気になってから気づいたのでは遅すぎます。病気になる前に勇気を出して決断し、彼から離れてください。中には「平凡な毎日より、いつもドキドキハラハラさせてくれる男のほうがおもしろいだろ？」と言ってくる、男もいますが、そんな程度の低い男のドキドキハラハラとは内容が全く違います。

必ず戻ってくるタイプ

「NOなし男」の彼には、期待をしないでください。彼が信じている「いい人」基準をうのみにしないでください。時には、彼が大切にしている「彼自身」をののしったり卑下したりして、（あんたなんか、なんぼのもんじゃ）と、彼に「あなたはあなたが思うほど偉くない」という現実をたたきつけてやってください。

それで彼が、かなりへこんだとしても、大丈夫です。自分のことが一番に大切で、かわいくてしようがないという彼は、必ず立ち上がります。けなされても自分に対して崇高な自己愛やプライドがありますから、つぶれたままではありません。

もしかしたらつぶれてくれないかもしれません。なぜなら彼は、自分のことがとてもかわいいので、あなたのけなしが信じられないのです。もし「あんまりだ」と怒って、彼が離れたとしても、必ず彼はあなたの元に戻ります。途中、あちこち女のところや理解者を探して旅するかもしれませんが、叱ってくれる人は、あなたただ一人。甘えられるのもあなたただ一人。何ごともなかったように、いつかは戻ってきます。

戻られて迷惑ならば、早いうちにあなたのほうから彼を捨ててください。捨てる時は、後で「会いたい」のメールや連絡が来ないよう連絡先を変え、引っ越しもして、依存されないように徹底して、しっかりと自分の周りを固めておいてください。（いなくなっちゃうと淋しいし……）なんて、淋しさと彼とを天秤にかけてはダメです。確かな自分の将来を考えると、ＮＯと言えずに尻拭いばかりさせる彼なんか、いなくなってもちっとも淋しくなんかありません。

そんな彼でも、戻ってきてくれて嬉しいと、あなたがまだ思うならば、戻ってきたあかつきには、彼のお望み通り、再びケチョンケチョンに叱って、その高い自己愛とプライドを打ちのめしてやることです。かわいそうとなんか思わないでください。愛情を持って突き放す。これしか彼に未来はありません。

とはいうものの、今にあなたも彼をケチョンケチョンにこき下ろすことが、楽しくなってくることでしょう。言い方はよくないですが、ＮＯと言えない彼をけなすということが、あなたの遊び道具になれば、それなりに楽しいはずです。このやり取りは、ＳＭの高尚なゲームにもちょっと似ていますよね。

いまだに男尊女卑

大きな態度の男はかっこいい？

いまだに「男尊女卑」精神の男がいます。年齢がかなり上の男性の中には「男尊女卑」の言葉さえ認識していなくて、マイペースで「男尊女卑」道《どう》を貫いている人もいます。取材に行くと、時々いるんです、そういう人が。

私が働き始めた頃のマスコミ界は、まだまだ男尊女卑、男社会でした。女性が目立つことや、いい仕事をすれば、すぐに叩かれつぶされていました。「女のライターは、洒落っ気出してスーツなんか着るな。ライターらしくジーパン（かつてはジーンズでなく、ジーンズのパンツでジーパンという言い方でした）をはけ」なんて細かいことまで普通に言われたりしました。

女性がいい仕事をすればすぐ、「体を張って仕事をした」と露骨に言われ、そういう理由づけならば男どもが納得できるという、古い男社会だったのです。

でも、それをいまだに引き継いで年を重ねた男性と、そういう親に感化されて大人になった男性もいます。男が尊大で、大きな態度をしているほうが、見た目にかっこいいと思っている男性が、いまだにいっぱいいるんです。十代や二十代の男性が、つき合っている女性に対して、「お前」呼ばわりをして、あれこれ大きな声で命令口調で言ったり、「お前、ばっかじゃねえの」と、支配者のような言い方をしているのを街でよく見聞きします。十代の女の子たちが、そういう彼に対して何の不満も感じてなさそうなところにも、見ていて違和感を感じます。

彼らは、そういう男尊女卑家庭で育ったのでしょうか。それとも、そういう家庭で育った友人や先輩が言っているのを見て、かっこいいと思ったのでしょうか。女卑のほうは、あまり表立ってはしないけれども、男尊のほうは率先してやっている男性たちもいます。

だから、職場でデキる女が追い上げてくると、自分のポジションをおびやかされそうで、わずらわしいやら、不安でイライラするやら、心が乱れて仕方がないんです。それでパワハラなんかやっちゃって、その女性を奈落の底へつき落とそうと、一生懸命になります。

冷静に考えれば、人を落とすより、自分がさらに上のレベルに行けば、なんにも怖くなくなるのに、男尊女卑の考えの男性たちは、攻めでなく、実は守りなんです。

そういう男性たちは、自分がもっと努力して、その上に上がっていこうとしないで、自分の足元に近づいてくる者を蹴落とすことと、自分より上の人のご機嫌を取って、自分を引っ張りあげてもらうことにエネルギーを使っています。デキる女性を見守りながら、伸ばしてやろうなんて包容力は備えていません。男という看板に、頼るどころか、すがって生きてきたんです。

男尊女卑が普通の時代

そういう男尊全盛期が昭和時代にもありました。自分が会社を、自分が社会を動かしているという誇りと傲《おご》りがあって、昭和男尊男性たちは、とても幸せだったと思います。でも、家庭を犠牲にして命を捧げた会社に、裏切られるかもしれないという時代が来てしまいました。

男尊女卑の男性は、いわば時代の犠牲者で、かわいそうな面もあるのですが、そういう人を身近で見ていて、まねをしている若い世代の男性たちが今もいるのです。

「男尊女卑が普通」という時代に生きた男性たちは、それでも「自分の責任」というものを身につけていました。「一家の主《あるじ》たるもの……」と、仕事や家の中での責任は強く感じていたようです。女性を卑下する面があっても、ちゃんと家族を支えることが当たり前と教育されていました。だから女性を下に見ていたのかもしれませんよね。

今の男尊女卑男性は、そういう意識を背負っていなくて、いわゆるわがままで男尊女卑をしているだけなので、とても無責任で、とても心が弱いんです。

だから「レディファースト」を習慣とする国の男性に、日本の女性がどんどん引かれていってしまいます。

「なんだ。ドア開けてやったり、椅子引いてやったりする男にコロッと騙されやがって……」

と、男尊女卑親父たちは、悔しまぎれに言いますが、レディファーストって、見える所だけじゃないんです。

私がアメリカに居住していた頃、一般的な家族を眺めてきて感じたのですが、男の子は小っちゃな時からずっと「お母さんを大切にする」ということを教えられていました。女性を大切にしなくてはという気持ちがあるから、レディファーストなのです。

でも、私が「アジア人」ということで、いない者として「無視」という差別を白人男性たちから時々、受けました。そういう一部の彼らの目の中に、アジア人の私は入っていないので、レディファーストもなしでした。

「豚もおだてりゃ木に登る」

今どきの日本で男尊女卑の思想を持っている男性は、中身が伴っていないので、とってももろそうです。男尊女卑を掲げるなら、昔の男性のように、それなりに尊敬できる部分を一つでいいから持っていてほしいのに、そうではないので、何かあれば一瞬で壊れてしまいます。打たれ弱いからこそ、偉そうに、男尊女卑をやって大きく見せているのでしょう。

ほら、ネコが、本当は怖いから威嚇して他のネコに「フーッ」とやっているように。ウチの女の子のネコは、弟ネコの体が逞しいことも、性格が明るいことも何もかもが気に入らず、いつも「フーッフーッ」と威嚇しています。そして、その後、決まって逃げるのは、「フーッフーッ」と威嚇している女の子のネコのほうなのです。

それと同じだと思えば、男尊女卑の男性もかわいく見えてきませんか？　窮地に立ったら、ああなっちゃうのです。それまでは、せいぜい男尊女卑を演《や》らせてあげましょう。「豚もおだてりゃ木に登る」と言います。能力のない豚もおだてていれば、木に登れるくらい力を発揮できるというたとえです。

男尊女卑を演っている彼や上司をおだてて、褒めまくって、もっともっと彼の男尊意識を高めてあげましょう。そうすれば、いつも彼らはご機嫌で、あなたは危害を加えられません。男尊女卑男性は、褒められるのが特に大好きです。あなたが敵でないとわかれば、実はノミの心臓のように気の小さい男尊女卑の男性は、ますますあなたにくっついてくると思います。

「女だからって言われても、私はやりません。自分でやってください」とか、「こういうことをするために会社に入ったんじゃないです」とか、女だからと目くじらを立てないで、もしそのことが苦手でなかったら、やってあげませんか？　そうしたら、もっともっと男尊女卑男性が喜んで図に乗るので、その場がまあるい空気になって笑みが生まれ、一日がとてもうまくいきそうです。女性が、とか、男性だからでなく、上手にできる人、得意な人がやってあげて、うまくできない人は助けてもらう。この助け合いが男女共同参画だと私は思うんです。

一瞬で引くか、墓穴を掘るか

男尊女卑の男性は、失敗やつまずきとかをしたら、一瞬で壊れます。努力の積み重ねでなく、おだてられ続けて踊らされて今があるのですから、中身が薄いんです。だからヒョイとつついただけで、崩れてしまいます。「男尊女卑の命」は長くはないので、今はせいぜい威張《いば》らせておいてやってはどうでしょう。職場で、どうしても許せない態度や言葉を発した時はひと言、

「それはセクハラですよ」

「それはパワハラですか」

と言えば、臆病な男尊女卑男性は、一瞬で引くか、あるいは、威嚇のために怒鳴ったりして墓穴を掘るかです。今の時代、セクハラ、パワハラという後ろ盾《だて》があります。と思えば、軽い気持ちで、男尊女卑男性を持ち上げてやれるんじゃないでしょうか。

ところで私は、外に出る機会が多いからか、体が小さいからか、なぜかよく怒鳴られたり、捨て科白を言われたり、ぶつかってこられたりします。子どもの時にいじめられたり、作家になってから同業男性たちにバッシングを受けていじめられたり……と、何が原因か

わかりませんが、私はそういうタイプなのではないかと思います。

　怒鳴ることしかできない、かわいそうな人だと思いながらも、殴られるのは損なので、そういう時は引くようにしています。エレベーター内で、蹴りをいきなり私にしてきたものの、足が短くて空振りで恥をかいていた男性もいました。私はといえば、突然の襲撃に、驚くよりも笑いをこらえるのに必死でした。

　あんまり自分を天にも近い結構な棚の上に飾っておくと、自分で自分を追いこみ、悲惨な結果を呼んでしまいます。彼らは気高い自分のことしか見えない、やっぱりかわいそうな孤立した人たちなのです。高いポジションとは、自分で決めるものでなく、人が押し上げてくれるものだと思います。「自分は女なんかよりずっと上だ」と思い込んでいる男尊女卑男性たちは、女性からは陰で「どぶ川の底にたまっているゴミ」くらいの地位にしか見てもらっていないことに気づいていません。やっぱりお気の毒な男性たちなのです。

褒めるか、別れるか

でも、男尊女卑男性が自分の彼であったり、好きになってしまった人の場合、一瞬で崩れてしまっては困りますよね。

男尊女卑男性が、あなたの大切な人ならば、とにかく褒めてあげてください。褒めてあげたら、きっと伸びる人です。その代わり、けなしたら、すぐにしぼんでしまいます。彼の自慢話は、あなたの瞳に、輝く星を宿らせるような気持ちで聞いて、感激してあげてください。そうして、ちょっとだけ大袈裟に褒めてあげてください。

彼を気分よくさせておけば、二人の関係は万事うまくいきます。調子に乗って、次から次へと自慢をしてくるかもしれません。それもしっかり褒めて、つき合ってあげてください。一度言ったことを忘れて、また自慢してくるかもしれません。初めて聞いたように、やっぱり感激しながら聞いて、褒めてあげてください。

それがイヤなら、今すぐ去ることです。そういう男尊女卑男性は、会社では孤立しかねないので、結婚したらウチの中だけが、自慢できて褒めてもらえて、自分を認めてもらえる貴重な空間になると思います。手がかかって、面倒くさいけれども、そういう人を好きになってしまったのだから仕方ありませんよね。

子どももそうですが、けなす、怒ることより、褒めるほうが絶対に能力が伸びます。あなたが、褒めて褒めて褒めまくって、実は低い能力しかなかった男尊女卑男性を大人の「男」に育ててやってください。

「男を立てる」ということは、実は女に立てられているということなので、その男性は、偉くもなんともありません。女性の手のひらの上で転がされているだけです。それを本人に気づかれないように、さりげなくやってあげ続けることが、賢い女性なのです。

でも、男尊女卑男性も、年を重ねてくれば、徐々にわかってくるものです。本当は妻（彼女）に、操られていたんだと……。そして、妻（彼女）だけが、自分の一番の理解者であるということも。

男尊女卑の男性は、男尊女卑の看板を頼りに生きてきただけに、何か起こったらとてももろく、傷つきやすい人たちです。そうならないよう常にあなたが見えないところでフォローしてあげることも大切ですが、何か起こって崩れ落ちた時、

「もう頑張りすぎないで大丈夫よ」

と、実はこれまでも、そんなに頑張ってなんかきていないんですが、彼を見捨てずに大袈裟なくらい温かい声をかけてやってください。

（そんな、いちいち気ぃ遣って、お世話してやんなくっちゃいけないなんて、めんどくさいわね）

と思うなら、深入りする前に他人になっておいたほうが楽だと思いますよ。でも、

「はい、はい。あなたって、ほんとに凄いのよね」

と、褒めておくだけで、円満な毎日が送れるのなら、それもまた、いい人生ではありませんか？

男尊女卑時代に生きた日本女性たちは、本当に賢かったですよね。しかしその結果として今、妻に先立たれるとなんにもできなくて、家にひきこもり、社会から孤立した高齢男性が多く存在しているのだと思います。

とにかく喋り過ぎ

いつまでも喋る男

とにかくよく喋る男。うんざりです。疲れます。

ホテルのラウンジに行けば「とにかくよく喋る男」が、必ずといっていいほどいます。「とにかくよく喋る男」は、声もかなりデカいので、すぐに見つけることができます。うるさくて、わずらわしくて、聞きたくないのに、どうでもいい自慢話が耳に響いて、思わず「お前がうるさいんだよ」と、言いにいってやりたくなるくらいイライラしてきます。

対面している人のほうを向かず、関係ない周りの席の人たちにも聞こえるように、わざわざ体を外側に向けて喋っている男さえいます。対面している人に向かって喋りながら、時々、電話もかけながら、大きな声で喋って笑っている「とにかくよく喋る男」も、ホテルのラウンジではよく見かけます。

そういう光景を近くで眺めていると、「とにかくよく喋る男」の話を聞いてあげている人たちが気の毒になってきます。その場での上下関係を想像すると、「とにかくよく喋る男」が、聞いてあげている人より上の立場が多いので、会社関係の人は、大袈裟に頷いたり驚いてみせたり、おもしろくもないのに笑い顔をつくったりと、見ていて飽きませんが、過剰に気を遣っているようでいてとても大変そうです。

世の中には、表と裏、善と悪、光と影など、背中合わせのものがたくさんあります。「とにかくよく喋る男」と「聞き役」とは、背中合わせです。つまり「聞き役」あっての「とにかくよく喋る男」で、「とにかくよく喋る男」は聞き手がいなければ、自分の実力を発揮したり、自分を輝かせてもらうことはできないのです。

ところが、「とにかくよく喋る男」は、その重要なことに気づいていません。自分中心で、自分が大将と思っているので、「聞き役」あっての自分などと気づくわけもなく、もっと人に話を聞かせたくてしようがないのです。周りの関係ない人たちにも聞こえるようにさらに大声で喋り、「どうだ。自分は凄いんだ」とアピールしていますが、実は存在そのものが迷惑で、恥の上塗りなだけです。本当に凄い人は、自分からアピールなんかしません。黙っていたってオーラが凄くて、いるだけで目立ってしまうものです。

ところが、「とにかくよく喋る男」の場合、目立ちたくて、喋りたくて仕方ないので、放っておいたら三時間くらい喋り続ける勢いです。一方的に喋りまくり、

「ちょっとトイレ」

と、突然席を立った瞬間、聞いてあげていた人たちが「ほっ」と、ストレスから放たれた顔をしているのを「とにかくよく喋る男」は全く知りません。自分自身にしか興味がないので、相手がどんな顔をしているかなんて頭を掠《かす》めることさえないんです。

これは銀座のクラブなどを含む飲食店のマナーですが、トイレに一回行ったら、「おいとま時《どき》」なんです。それ以上の長居はマナー違反です。でも「とにかくよく喋る男」は、おいとまする気などさらさらなく、席に戻ったらまた喋る気満々です。トイレから戻ってきて座ると同時にまた「とにかくよく喋る男」は、延々と喋りまくります。混んできても席を譲ろうと考えもせず、平気でトイレに二回行く男もいます。

一〇〇パーセント信用できない話ばかり

「とにかくよく喋る男」のように人の話を聞けないという人は、周りへの配慮に欠けるの

で、真剣に対面していると、ヘトヘトに疲れます。彼にとっては、相手の話なんか、どうでもいいんです。相手には、せいぜい相槌《あいづち》を打つ余裕くらいしか与えず、とにかく自分が喋り続けることが大切なんです。おまけに話術があるので、その話の内容には脚色《アレンジ》や嘘がいっぱい入っていて、一〇〇パーセント信用できません。

「とにかくよく喋る男」の中には、本当に話が上手で「おもしろい」人も、いるにはいます。が、ほとんどは、大した話ではないので、「とにかくよく喋る男」が喋っている間に、気を遣って聞いてあげている人が、どんどんどんどんエネルギーを吸い取られていってしまいます。あとに残るのは異常ともいえる疲労感だけで、グッタリゲンナリ、足かせをされた上に泥を背負っているような体の重さです。

「とにかくよく喋る男」は、口達者で延々と喋れるし、嘘も勢いで信じてもらいやすいので華やかに見えるし、おまけに声が大きくて目立つし、女にモテそうで、いっぱい得をしていて、うらやましいと思う人もいるかもしれません。

でも、これが職場の同僚や自分の彼や夫で、毎日だったらうんざりです。しかも「とにかくよく喋る男」は、誰に何を話したか、話しすぎてよく覚えていないので、何度も何度も同じ話を同じ人にします。聞いている人も、「それ、前に聞きました」と言うと傷つけてしまうので、同じ反応で同じ相槌を打つしかないのですが、最後の最後まで「とにかくよく喋る男」は、過去に喋った話とは気がつきやしません。

ストレスをばらまく迷惑男

大きな声で周りにも迷惑をかけて、ストレスをばらまき、その上、口が軽くて誰にでも喋ってしまうと思えば、相談ごとや、やたらなことは決して言えないし、へんなことで頭の回転が速く、嘘や作りごとが上手なので、いざとなればうまいことを言って逃げたり、やりっ放しもできます。まるで暴風雨であたりを引っかきまわす嵐のような迷惑男です。これでは、周りで聞いていただけの人が、よそで「とにかくよく喋る男」に嘘八百を言われて悪者にされてしまう可能性だってあります。「とにかくよく喋る男」なんて、全く信用できません。

こういう人が彼氏だったら、今日もまたどこかで女に声をかけていないか、毎日、心配をしなくてはいけないし、いつでもどこでも会っている間は、完全な聞き役にさせられます。逆らったり、少しでも反対意見を言おうものなら、そこから先、延々と大声で彼のしつこい主張が続きます。

職場でも、あるいは仕事の関係でも、こういう男は必ずいて、とにかくよく喋り、周りの人への配慮に欠けるので、一分でも一緒にはいたくないものです。ところが、困ったことに「とにかくよく喋る男」は、至る所にいるので、避けて通ることができません。

そこで、「とにかくよく喋る男」を「かなり高齢な人」に重ねてみると、取り扱いやすくなるのです。

同じ話、同じオチ

私は、施設の許可を得て一年間、大型老人ホームに入所している男性と女性を取材させてもらいました。(『熟年婚活』角川新書)

取材期間中、七十代から九十代の男女と、毎週お話をしていたのですが、「とにかくよく喋る男」と、いろいろなところが似ていると思いました。

まずは、過去の(大したことない)栄光話や苦労話を、尋ねてもいないのにずーっと話して聞かせます。その間、脱線した話を戻したくても、口を挟む隙を与えてくれません。言いたいことを全部吐き出してから、ようやく本題に入れそうな気配が来ますが、そこまででまず数時間。聞いているだけで疲れ果ててしまい、「続きはまた次に……」と、つい言ってしまって、結局は、その人のワンマンステージ終《じま》いです。

次の機会も続きからではなく、また同じように始めに戻って自慢話や過去話で、前回と同じ話題が延々と続きます。途中を抜くことなく、初めから最後まで、前回と同じ話のまた繰り返しです。時々相手から投げかけられるのは、「何だっけ？」とか「なんて言ったっけ？」とか簡単な質問だけです。

同じ話、同じオチ、同じ登場人物のアピール話を何回も聞かされます。前に同じ話をしたことなんて、全く覚えていないのです。

耳の遠くなった高齢者は、自然と声が大きくなります。「とにかくよく喋る男」は耳が遠くなくても大声で喋ります。

会話に飢えている高齢者の場合は、この喋る機会を逃さないようむさぼるように喋るので、相手のことまで考える余裕がありません。「とにかくよく喋る男」は、相手が時間を気にして時計やスマホをチラチラ見ているのも目に入らないし、相手の電話が鳴ったとしても構わず喋り続けるか、「待ってててやるから早く電話に出ろよ」と、あくまでも自分の話を続行させようとします。「とにかくよく喋る男」のタイムアウトが来ない限り、周りがストップさせることはできないのです。

さらに高齢者の場合、自分の話が絶対におもしろいと信じ切っているので、つまらなくて聞き手が眠い顔をしていたり、ちょっとでもよそ見していると、すかさず注意をしてきます。「とにかくよく喋る男」も、ちゃんと相槌を打ったり、たとえ三度目の同じ話でも笑うべきところで笑ってあげないと、たちまち機嫌が悪くなります。

高齢者とただ一つ違うのは、「とにかくよく喋る男」の多くは、皆のお茶代や食事代を支払うことです。聞いているほうも「聞いてやったお代」と解釈しているので、営業でない限り、自分であまり払おうとはしません。暗黙のうちにわかり合っているようですが、それにしても聞いてやり代としては安すぎるお茶代です。

高齢男性の下半身のお世話をすることをお仕事にしている、二十代の美しい女性を取材させてもらったことがあります。その男性の家族も彼女のことを承知していて、近所のラブホテルへ行くのに、家族で「よろしくお願いします」と送り出してくれます。その彼女が守っているのは、「それ、前にもした話ですよ」と決して言わず、毎回、初めて聞いたようにふるまい、しっかり聞いてあげることです。そうすればご機嫌で、表情だけでなく財布のひもも緩むそうです。「あれ、なんだっけ?」「今日は何日?」「今度いつ来るんだ?」などと突然、質問や電話が来ても、「さっき言ったじゃないですか」とは決して言わず、毎回、にこやかに初めて聞いたように答えてあげるそうです。

「とにかくよく喋る男」の話は、内容が浅い上に、自己アピールが強すぎて、だらだらと長いので、すぐに飽きてしまいます。でも、しっかり聞いてあげているふりをすると、こちらとしては迷惑ですが、とても気持ちよさそうにもっともっと喋り続けてくれます。話が途切れないのは、凄い才能だとも言えます。

「とにかくよく喋る男」の機嫌が良ければ、人に危害を加えることはありません。プライドの高い「とにかくよく喋る男」を立ててあげるだけで、ご機嫌でいてくれるので、皆が幸せになれて、お安い人助けです。

「とにかくよく喋る男」は、しっかりした聞き手がいてこそ価値が上がります。聞き手なしでは、「とにかくよく喋る男」は存在感ゼロです。聞き手に徹することのできるあなたは、「とにかくよく喋る男」にとって、かけがえのない存在だということを認識しておいてください。

聞き手あってこそ輝ける存在の「とにかくよく喋る男」は、一人では決して輝けないので、お調子に乗せておけばいいのです。聞いてもらいたいから喋りまくっているのであって、聞いてもらいたいものがあるうちは、あなたのお願いもよーく聞いてくれます。考えようによっては、とてもシンプルです。喋りすぎて墓穴を掘り、嘘も見抜かれてしまうことでしょう。

「とにかくよく喋る男」が恋人という場合、会話量では絶対負けるので、会話で勝とうと無理して喋りまくらず、けれども言いたいことだけはひと言、必ず言ってやってください。そのひと言で心を突き刺せるようなとびっきりの言葉で……。

「とにかくよく喋る男」とケンカをしたら、「とにかくよく喋る男」の一番苦手なことをしてやってください。それは黙ることです。黙られたら「とにかくよく喋る男」は、どうにも対処できる方法が見つからず、あたふたしてしまいます。喋りでは誰にも負けない自信があっても、喋ってこない相手に対してはどうしようもありません。

恋人とか仕事関係に限らず、「とにかくよく喋る男」を持ち上げて、ただ聞き流しておくのが、苦を少なくしてすごすコツです。適当に頷きながら、(今日は何を食べようか)とか(これが終わったら買い物に行って……)とか、好きなことを考えていたらいいんです。相手は、頭の中にまでは侵入してきません。嫌がらず、とにかく単純《シンプル》に接してあげてください。嫌だと思うと、それが相手に伝わって、嫌がらせでもっと喋られちゃいます。

あとは、自分を犠牲にしないで、はっきりと、「あ、時間が来たので失礼します」とか、

「次がありますので」と、座ったままでなく、立ち上がって言ってください。自分から終わりを告げて立ち上がらないと、ズルズルズルズルいつまでも、まだまだ話は続きます。座ったままでは、また喋り続けられちゃいます。

女子少年院で行われている社会適応訓練（ＳＳＴ）でロールプレイングをしているのを以前に取材させてもらいました。少年院の少女たちが出院後、よくない昔の仲間と会ってしまって話をした時、そこから去る方法として、言葉と同時に立ち上がることが大切という評価が出ていました。言葉だけでなく一歩前へ踏み出すことも大切なのです。

話の途中でも、終わりを告げることができるのは、実は聞き手の方です。意外にも「とにかくよく喋る男」は、終わりがきれいです。これまでの長い間、さんざん機嫌を良くさせてもらったのですから、「まだ途中だ」と、怒るなんてとんでもない、できないはずです。立ち上がったら、「続きは次に」と、嘘でもフォローしておくことも忘れずに。

「声が大きい」ということだって、言っちゃっていいんです。「電話はここじゃまずいですよ」とか「そんなに大声で頑張らなくても、ちゃんと聞こえてますから」……など。

「とにかくよく喋る男」は、プライドと自己顕示欲は非常に強いですが、素直に言うことを聞いてくれる人たちです。

人差し指で埃をチェックする

細かすぎる男

細かい男って本当にイヤですよね。私は、大の苦手です。窓の桟《さん》に人差し指を滑らせて、

「こんなに汚れてる」

と、埃《ほこり》のついた指を見せる男。レシートを全部提出させ、「余分なものを買っている」とか「もっと安いものがあるのに」と、いちいち難癖をつけてくる男。

毎日、同じ時間に起きて、同じタイムスケジュールで顔を洗い、二分間焼いたトーストに毎回スプーン二杯のジャムを塗って五分以内に食べ、食後のコーヒーは、○時○分から四分かけて飲んで、それから出かける。帰りも毎日同じ時間に帰ってきて、一台電車を乗り遅れただけで機嫌が悪く、その原因を作った鉄道会社や人のことをいつまでも根に持ち

怒っている。

ベッドのシーツがほんの少し歪んでいるだけで、口をきかなくなり、自分で取ればいいのに靴下に小さな毛玉が一つあるだけで、妻をネチネチクドクド叱り続ける……。

配布されたＢ５の書類が半分に折ってあり、その折り目がほんの少しずれているだけで機嫌が悪くなる。

カフェで飲み物の置き方が、真ん中より右に少しずれていると、店の人にネチネチと文句を言うし、自分が今、十円玉を何枚、一円玉を何枚持っているかをしっかりと把握している男……。こういう細かい男と接していくのは、本当に大変です。大ざっぱな私は、近づきたくもありません。

不倫の経費を請求する

取引先の部長と、三年間不倫をしていた女性がいました。よくある口説きのパターンですが、妻と別れて結婚すると部長が何度もアプローチしてくるので、押しに負けて彼女はつき合うようになりました。でも、部長には全く離婚の意思がありませんでした。

それがはっきりとわかってきたのは二年後。女性が三十歳になる直前に「結婚するつも

りがないのなら、もう私を自由にさせてください」と、賭けの気持ちで選択を迫ったところ、部長は、

「小学生の子どももいるのに、離婚できるわけないだろ」

と、自分が離婚を口説き文句に使ったことさえ忘れたふりをして、バカにした笑いを浮かべるのです。

「でも、愛しているのは君だけだよ」

と、これもよくある不倫の逃げ科白《ぜりふ》ですが、部長に言われた彼女は、愛にしがみつき、関係をズルズルと続けてしまいました。

それから別れを決心するまで一年近くかかりましたが、部長の姿勢は全く変わらず、

「あんなお調子者の言葉を信じた私がバカだったわ」

と、ついに彼女は、三年間の不倫関係に自分からピリオドを打ったのです。

最初のうちこそ、会社帰りに人気のレストランやバーに行ったり、ホテルに行ったりと、外で楽しくデートを重ねていましたが、そのうち彼女の家に彼が週一、二回やってくるようになりました。そうなると部長が来るたび、彼女は夕食やお酒の用意をしてもてなしてあげないといけません。でも、そのお金は一切、支払われませんでした。払おうかと気に

してくれることもなく、ケーキなどお土産を一度でも買ってくることもありませんでした。まさに「釣った魚にエサをやらない」状態です。部長にとっては、若い女性の体と美食がタダで味わえる楽しい別世界です。自分のモノになったと認識した部長は、彼女をすっかり「便利な女」扱いしていたのです。

「もう来ないでください」

突然の別れ宣言に部長は、ただただ口を開けたまま、びっくりしていたそうです。

彼女が別れを告げたその翌週の月曜日、コンビニから、会社の彼女あてに何枚ものファックスが送られてきました。その紙に細かく書かれていたのは、部長が彼女に対して使ったお金のすべてでした。

○月○日、レストラン○○にて、○○コースディナー○○円。

○月○日、誕生日プレゼント。○○の○型ネックレス○○円。

○月○日、○○から○○までのＪＲ代○円。

なんと、会社から彼女の部屋に寄った時の三百円にも満たない電車代まで、すべて記載されていたのです。

最後に、その金額の合計を記して、一週間以内に返すよう書いてありました。よくもまぁ、一一〇円の缶コーヒー代まで、三年間も細かくつけていたものです。彼女が、これまで部長に食べさせる夕食のために使ったお金を記録していれば、その何倍もの金額になるのに、そんなことは無視です。さらに、誕生日やクリスマスにプレゼントしたものは、その品を返せでなく、その品の代金を返せと言っているのです。

ファックスには、口座番号は載っていましたが、彼の名前は書いてありませんでした。返済しない場合は、弁護士に相談するとも書いてありました。自分から口説いてきたくせに不倫を棚に上げておいて、細かいお金のことばかり言ってきて……。驚いたのと頭にきた彼女は、もらったわずかの品物を部長の家に送り返して、おしまいです。そのあと、部長の家庭がどうなったかは知りませんが、何年か後、その男は会社を退職したそうです。

バブル親父の細かい性格

『バブルと寝た女たち』(講談社文庫 kindle版)の取材をしていた頃、多くのバブル親父たちが、愛人を連れて旅行や買い物に行っていました。

ある時、取材で追っかけていたバブル親父と大阪で合流することになりました。そのバブル親父には、五人くらいの若い愛人がいたのですが、その日も、愛人ナンバー2のモデルのような女性を東京から連れてきていました。

ホテルのラウンジで少しインタビューした後、バブル親父は愛人に洋服を買ってあげようと、地下のブティック街に連れ立っていきました。私も後をくっついていきました。愛人は何着か試着し、ブランド物のワンピースとアクセサリーを購入しました。支払いは、もちろん現金で、バブル親父です。

その後、三人で食事をし、レストランの席を立つ直前、バブル親父が急に、

「あのワンピースは、三十五万だった。それと、アクセサリーは六万」

と、私に聞こえるように愛人に言ったのです。そういう高価なものを買ってやったんだと、私に自慢したかったのかもしれませんが、なんとまあ細かい。他の人にも聞こえるレストランの中で、なにも今、言わなくてもいいのに……。せっかく有名ブランドのお洋服を買ってもらっても、ありがたみがそのひと言で一瞬にして消えちゃいます。何百万の札束をいくつも持ち歩いているバブル親父でも、細かい性格は直らず、金額を言わずにはいられないのでしょう。自分はさんざん若い愛人の体でいい気分になっているくせに、細かいイヤな男です。

ズボラを演じる

こういう細かい男には、近づかないほうが災いが少なくて無難ですが、交際を始めるまで、あるいは結婚するまでは、それを隠している男がいます。

あなたが自分のものになれば、いよいよ本領発揮。存分に「細かい男」を出してきた……となれば、もう遅く、戻れません。これから先は、お気の毒ですが、うまくつき合っていくしかありません。

「細かい男」というのは、それこそ普通、普段では考えられないような細かいことを言い出すので、毎回あなたは開いた口が塞《ふさ》がらず、そのうち驚きと絶望で、イライラカリカリの連続です。

こういう男の場合、二つのいい方法があります。一つは全く気にしないで、あなたが今以上にズボラで大ざっぱな人間になること。もう一つは、彼以上に細かい人間になることです。

人差し指で埃をチェックするような男は、どんなにきれいに掃除してあげていても、やっぱり文句を言います。重箱の隅をつつくことが、趣味なんです。

だったらもう、きれいにしようと努めません。汚くしていても片づけをしなくても平気な人に、あなたがなります。汚れているものを間近で見るのはイヤですが、細かい男の小言を聞くのはもっとイヤなもので、耐えられません。注意を何回もしたり叱ったり怒ったり、相手はネチネチコマゴマと、いろいろやるでしょうけれども、あなたは右の耳から左の耳へ。「わかりました」と言うだけ言っておいて、何もしません。

不潔なことは、体によくないので、不潔な場所はあなたは内緒で毎日掃除をしているのですが、一見、何もしてなくてほったらかしのようにしておきます。何を言っても、だらしない性格は直らないフリです。もともとあなたは不潔なことは嫌いだし、だらしなくありません。でも、それがあなたのキャラクターとして彼の中で定着すれば、いつか彼が耐えられなくなって掃除を始めます。

「ウチのやつは、ズボラだから」

これが認知されれば、あなたは、細かいことをいちいち気にしなくてすみます。これで彼が去っていくのなら、仕方ありません。彼がいなくなれば、もっと細かくない楽な男性に出会えるチャンスです。ズボラを演じるには、それなりの覚悟も必要です。

結婚したカップルを見ていると、「似たもの同士」のカップルだけでなく、「全く違う」カップルもうまくいっているようです。

北と南、陰と陽、全く正反対の二人の場合、得手不得手をお互い補い合うことができます。細かい男と大ざっぱな女、案外、うまくいくと思います。ただし、あなたが大ざっぱな女に演《な》りきれればの話です。

「細かい女」を演じる手もある

それが、どうしてもできないということならば、あなた自身も実は「細かい女」の素質を持ち合わせているのかもしれません。だったら彼以上に細かい女になってやろうではありませんか。

彼に仕事のこと、会社のこと、つまりあなたが関わることや見ることのできない世界のことをこと細かく毎日、しつこく聞いていきます。毎日毎日、顔を合わせるたびにこれをやられたら、彼のほうが先にうんざりすると思います。彼よりももっと細かく時間配分したり、たとえば歯磨きしている間に流れる水の量のこと、無駄な電気のこと、「まだ穿《は》けるわよ」と、穴のあくまで靴下やアンダーウエアを着させたり、分単位でなく秒単位で時間を捉えていったり……。

細かい彼が耐えられなくなるくらいの細かいことをしてやってください。最初は、面倒くさくても、慣れてくると、困る彼の反応を見るのが楽しみになってきます。そうしたら、もう細かい男は、あなたの手のひらの上に乗ったも同然。どんなに彼の細かいところがイヤか、自分のストレスになっているかをネチネチ懇々と、そして延々と説教してやるチャンス到来です。あなたの細かさに、うんざりし始めている「細かい彼」なら、あなたの言葉一つ一つが心に突き刺さってくることでしょう。

それから後は、節約のためにすべき細かいこととか、心地いい程度の掃除の出来など、細かいことでも必要なことのみを相談して、二人で仲よくやっていけば、いいカップルになれるはずです。

「細かい男」つまり「心の小っちぇえ男」は、自分の利益のことばかり考えて人に文句を言っているので、あなたのこうした作戦には気づきもしません。細かくするのは、自分の利益でなく共通の利益で共通の愉《たの》しみのためと教えてやってください。いつも眉間《みけん》に皺《しわ》を寄せて細かいことをカリカリ言っている男から、眉間の皺と細かい小言が消えたら、「なんか最近、いい男になった」と、あなたは惚れ直せるかもしれません。

だらしないのは困ります。だから、ある程度の細かさも必要ですが、過剰な細かさは、ノーサンキューです。

細かい自分の性格と、彼自身がうまくつき合えるようになったら、彼の心ももう少しだけ大きくなって、あなたにとって扱いやすくなるはずです。

努力しないで人の心は変えられません。でも、建物も物もいつまでも新しいままではありません。時代もどんどん変わります。ものごとは、ずーっと同じままでは決してありません。だから彼の細かさだって、一生このままではないんです。あなたの取り扱い方次第で、細かい男はどうにでも変われます。彼の顔に笑みが浮かぶ回数がもう少し増える日まで、諦めず希望を持ちましょう。

いつも病気を言い訳にする

いつも中途半端

しょっちゅう、頭が痛いだの胃が痛いだの膝が痛いだのと、病気になりたがる男がいます。

約束に遅れたのは「歯が痛くなって動けなかったから」とか、仕事に行かなかったのは「風邪をひいて熱が出たから」とか……。一体、どれだけ高熱が出たのかと心配して尋ねてみると、実は測ってもいなくて、「熱っぽかった」だけ。要は、怠ける理由を「虚弱体質だから」とか「体力がないから」とか「知性派だから」とか言って、「病気のつもり」のせいにしているだけなんです。

こんなことをくり返していたら、いつか病気に復讐されて、本当の大病に罹《かか》っちゃいます。

病気や痛みに弱いという男の人は、とても多いですよね。だからちょっとの風邪や痛みでも「死ぬ、死ぬ」と大騒ぎをして皆に同情を求めたり、仕事をすぐ休んだり、早退したり……。

そんな体調不良のせいにして、仕事や早起きや、イヤなことから逃げてばかりいる、いわゆる「怠け者」男は、仕事でも趣味や恋愛でも、いつも中途半端です。

昭和の時代、「風邪をひいて熱があるから練習を休みたいです」とクラブ活動の先生に言いにいくと、

「熱が出るのは、たるんでいるからだ。練習して治せ」

と怒られ、グラウンドを何周も走らされたものです。また、熱があっても、見るからに具合が悪そうでも仕事をすることが、頑張っていて美しいともされていました。だから、インフルエンザに罹っていても、「インフルエンザなのに仕事に来て頑張る私」と、堂々と自慢している人がいたんです。（感染しちゃう）と、内心ゾッとしながらも、「頑張り屋」さんを褒める人たちもいました。

数年ほど前、私の講演中、後ろのほうで苦しそうに咳き込んでいる女性がいました。私

の声が聞き取れなくなるほどの咳き込みようで、周りの人が何度も後ろを振り返っていました。講演後、握手を求めて待っていた女性がその人でした。

「さっき、いっぱい咳してたのは私よ。インフルエンザなんだけどね、来てあげたの」

と言ってから、マスクなしの至近距離で、また咳をするのです。彼女は、咳き込んでとても苦しいのに講演会に来てあげたことを褒めてもらいたくて、私を待っていてくれたのだとは思いますが……。

この女性のように、病気でありながら休まず頑張ることが当たり前という時代もありました。でも今は、無理して出てきても迷惑がられるだけで、褒められも尊敬されもしません。

そういう時代ですが、何かというと病気のせいにして、怠けてばかりいる男がいます。かつては、「伯父の葬式」とか「祖母の危篤」とか、身内を次々と殺して、会社を休む言い訳にする人たちがいましたが、今は有給休暇があって堂々と休みを取れますし、親戚づき合いをしていない人や、家族の人数の少ない人たちが多く、「身内を殺す」嘘が通用しません。そこで次に登場する言い訳が病気です。

ヒモ男の悲愴な顔つき

春や秋は健康診断の季節で、会社から病院に行かされます。そこで出会った他の会社の男性とつき合い始めた女性がいました。ところが半年後、突然彼が会社を辞め、彼女の部屋に住みついてしまったのです。毎日、ゴロゴロしていて職探しもしなければ、アルバイトもしません。家賃も生活費も何の協力も彼女にしないばかりか、お小遣いもせびって、まるで優雅な「ヒモ」生活です。頭にきた彼女がケンカをしたついでに「出ていって」と叫んだ途端、

「実は僕は、もう長くないんだ」

と、ヒモ男が悲愴な顔をしてつぶやいたそうです。

「出会《あ》った時《の》、病院にいたのは、健康診断じゃなくて、本当は検査の結果を聞きにいってたんだ」

彼は、驚きと悲しみで涙を浮かべる彼女に、

「あと、もって十ヵ月と言われた」

「だからこのまま居させてほしい」

と、重い病名を告げたのです。それからというもの、働かずゴロゴロしていても、(病

気だから）と、彼女は文句一つ言えなくなりました。おいしいものを食べ納めしておきたいと言う彼のために、有名なレストランへ連れていっては彼女が支払いをし……。

でも彼は、痩せるどころかどんどん太ってきて、血色もとても良く、死期の迫った病人には見えません。一年経っても、彼は元気そのものなのに、やっぱりゴロゴロして遊んでいます。（病気なんだから）と、彼女は何度となく自分に言いきかせ我慢をしても、顎で使うような彼の態度に不信感がどんどん湧いてきました。それでも彼女は文句を言わず、よく頑張りました。

でも、嘘だったんです。彼はただの怠け者でした。しかも彼女が働いている時間に、キャバクラ嬢の部屋にも行き、二股をかけて、その彼女からも援助してもらって、それなりに充実した毎日を送っていたのです。この事実は、携帯の履歴から他の女の存在を怪しんだキャバクラ嬢が電話をしてきて発覚してしまいました。

彼女に対しての愛情なんて、ヒモ男にはまったくなかったんです。ただ利用していただけ。どうして病気だと嘘をつき続けたのかと彼女に追及されると、ヒモ男は、

「病気だったら、働かなくていいし」

と、冷ややかに言って笑うのです。あんまり頭にきたので、最後に一発、思いっきりヒ

モ男をひっぱたいて追い出してやったそうです。

「命が危ない」病気かも

体調が悪いことや、病気のせいにして、ほとんどの人が普通にやっていることから逃げている男は、所詮、怠け者です。

そういう男が恋人や同僚でしたら、ちょっとからかってやりませんか？

彼が怠ける言い訳に使う症状を毎回、記録に残しておきます。たとえば、38度の熱、腰痛、頭痛、吐き気……そして、これらがたとえかすかでも当てはまる可能性のある重病を調べます。ピッタリ当てはまらなくても、大体でいいんです。彼に会った時や、同僚が出勤してきた時に、

「私、前々から気になっていて……。でも、言っちゃいけないかなと思って黙ってたんだけど。それって○○って大変な病気じゃないの？」

と、具体的に言ってやるんです。病気なんて嘘っぱちの彼は、大笑いでもして、

「そんなことないよ、もう治ったし……」

と、また言い訳してごまかします。でもドキッという針が刺されてしまったので、内心

気がかりでしようがありません。四苦八苦の苦しみのうち、四苦とは、生・老・病・死。人は皆、大なり小なり病気が怖いものなのです。

「そうじゃないのよ。一度治ったようにみえるけど、この病気は、そのあとガーンともっと凄い症状が出てくるんだって。で、また引っ込んで、それからもっとひどい症状が出てきて、それをくり返すうちに重症になるって……。ね、早いうちに病院行こ」

と、強引に勧めます。症状が出て引っ込んでなんてくだりは、適当な作り話です。嘘つきの同僚に合わせて、こっちも勝手に創作してやってください。できるだけ上司や皆がいるところで話をして、「一刻も早いほうが命が助かる」と、病院に行く許可ももらって引っ張っていこうとお芝居をします。どうせ嘘つきの同僚は、病院へなんか行かないんですから。でもその後は、嘘と知っている周りが大袈裟に気を遣うようになるので、だんだん、嘘つきの同僚は心の負担でつぶされそうになっていくわけです。そのうち本当の病気になってしまうかもしれません。

相手が恋人の場合でもそうです。

「明日は、何がなんでも一緒に病院に行って診てもらうわよ」

などと追い込みをかけてやります。

病気を怠けるための言い訳にするような男は所詮、小心者です。本当は病気や医者が大嫌い。追いつめられて、ついに、

「わーッ！　嘘なんだよーっ」

と、大慌ての大焦りの大騒ぎ。そればかりか、本当にその病気ではないかと心配で心配で頭がいっぱいいいっぱいになってしまいます。嘘だと種明かしして安心できたあかつきには、少しはお利口さんになってくれるかもしれません。これでもう、病気という言い訳は通用しなくなりました。

病気といえば、男性でも女性でも言い訳で軽く使われるのが「低血圧」です。遅刻をよくするのは低血圧で朝が苦手なせい、と。

朝が本当にダメで、夕方になって起きてくるという重症の人もいますが、多くの人は低血圧でも、朝早くちゃんと起きて、遅刻しないで通勤通学をします。私も血圧は下が50未満、上は90以下と、とても低いですが、早朝起きて地方へ仕事に行くのも、水行《すいぎょう》や山行《やまぎょう》や歩き遍路で体を早朝から激しく使うのも平気です。

低血圧というと、なんとなくか弱そうに聞こえ、支えてあげなきゃと同情を買いやすいので、怠け癖の口実に使う男がよくいます。また低血圧と言うと、繊細な、か弱い女性と

いうイメージがあるので、「守ってあげなきゃ」と、男性の心をキュンとさせやすいそうです。だから女性も怠け癖を隠すために低血圧という嘘をよく使います。ところが、多くの本当の低血圧の人は、決して言い訳に使わず、工夫や調整をしながら日々頑張っているのです。

彼のこと好きですか？

健康なくせして、低血圧を朝寝坊の言い訳にするような男は、お尻でも思いっきり蹴飛ばして無理やり起こしてやってください。どうせ夜遅くまで飲んでいたか、ゲームでもして遊んでいたのでしょう。まじめなことをしていたわけではありません。

病気を言い訳にするような男は、本当に病気の人からしたら、とんでもないヤツです。そういう嘘を平気で使うような男は、いつか必ず病気に復讐されます。あなたは、その時、その男の面倒を見てあげたいと思えるほど、今、彼のことが好きですか？　健康な体を持ちながら、病気と平気で嘘を言えるような男といては、明るく穏やかで健全な未来はありません。

嘘つき病が、ちっとも治らないようなら、あなたにまで嘘つき病が移る前に、彼からお暇《いとま》しましょう。そのうち、「昨夜から腹痛がひどいから休むと、会社に電話してくれよお」とか「行きたくないなあ。ひどい風邪で起きられないってことにしよう。話を合わせてくれ」

など、嘘の片棒を担がされることになります。嘘つきでも怠け者でもないあなたは、こんなことが続けば、もううんざりです。こんな事態に至るまで、よくまあ、あなたも我慢してつき合ってあげたものです。こういう「怠け嘘つき」男と、別れないであげるあなたは相当の勇者です。

重病じゃないかと彼を脅してやって、それでも病気のせいにするのが直らなかったら、もう放っておきましょう。こんな単純な嘘や言い訳は、遠からず必ず周りにばれます。それから彼は、どうするか……。

その時すでに彼は、独りぼっちです。それでもまだ彼のことが好きならば、あなたの元へ戻ってきたあかつきには、決して優しくせず歓迎せず、医師のような淡々とした態度で、厳しく叱ってやってください。その際、あなたの溜まっているもの全てを吐き出して、言いたい放題言っちゃって、プラスマイナスゼロに、心の清算をしておいたほうがよさそうです。もうこれ以上のストレスは、捨てて減らしてあげないと心の中に入りきれません。

結局甘えているだけ

その後、また病気を言い訳に使おうとしたら、もう首に縄をつけてでも医師の元へ引っ張っていってください。大嫌いな病院へ連れていかれ、病院独特のにおいをかいだだけで、（もうしません！）と、やっぱり小心者で病院嫌いの彼は、おとなしくなって逃げ帰ることでしょう。

結局、彼はあなたに甘えているのです。こういう経験をさせてもなお「頭痛が……」と、口癖のように彼はくり返しやると思います。ところが、嘘つき退治を心得たあなたも、もう負けてはいません。病院へ無理やり連れていこうとすることをくり返しするうち、きっと彼のほうが懲《こ》りて、ちょっとずつ大人になっていくと思います。甘えん坊で怠け者の彼は、あなたに嫌われることが、病院以上に怖いからです。

でも本当に病気の場合もありますから、よく彼を観察して、（これは本当におかしい）と思ったら、やっぱり病院に連れていき、イヤがっても診察や検査を受けさせましょう。

私の夫は、子どもの時から小さな嘘をよくついていたそうなので、今も、しょうもない嘘をよくつきます。だから私は、たとえおもしろい内容でも、そのたびに夫の嘘話は聞き

流しています。ある時、

「胃が痛い！　ううう……。胃痙攣《けいれん》だ」

と、夫が横たわって唸《うな》っているのを耳にしても、私はまた嘘と思って、笑いながら隣の部屋で原稿を書き続けていました。唸っているのも、いつもの大袈裟な大阪人特有のパフォーマンスで、私を笑わせるためにやっているると放っていました。ところが、あまりにううう唸るので見にいったら、本当に胃痙攣でのたうち回っていたんです。それから慌ててクリニックに連れていきましたが、「今回だけは本当だったのね！」と、私は苦しんでいる夫の隣で、ずうっと笑いが止まりません。

治った夫からは、

「痛くて唸っとったのに、全然信用されとらん」

と、大顰蹙《ひんしゅく》を買い、その後は話のネタに使われています。

こんなこともあるので、嘘の病気か真《まこと》か、その都度、ようく相手を観察して判断してあげてください。

周りの空気を読むのが下手

結局、人の話を聞いていない

周りの空気を読むのが下手な男性が、一つの場所や集まりの中に、一人ぐらいはいるものですよね。自分中心に時間や思いを回しているので、どうしても、人から見たらずれているんですが、「本人タイム」なので、彼は自分がずれているとは思っていません。

弘法大師空海が、悪い運の流れを断って、いい運の流れに乗ることは、強風の中で蠟燭《ろうそく》の炎を消さないようにするのと同じくらい難しいとおっしゃっています。では、悪い運を断ち切るには、どうしたらいいかというと、同じ流れに乗っていないで、一歩前に出て、別の流れに乗り換えることだそうです。

それと同じように、この世にはいろんな環《わ》があります。一人一人その環の回転スピードは違うのですが、普通は皆でスピードを合わせて社会生活をしています。ところが空気を読めない男は、その環のスピードに合わせることができないのです。人のリズムを聞きも合わせもしないで、まるでこの世に自分一人しかいないかのように自分のことを何ごとでも中心に持ってくるので、「空気の読めない男」と言われるわけです。

あくまでも彼のスピードなので、大体が遅れています。笑っちゃいけないところで笑ったり、二十分前に皆で喋っていた話題を初めてのことのように持ち出したり……場が気まずくなったと少々はわかる時もあるようですが、周りが思うのと同じくらい気まずいとは、本人は思っていません。

結局は、人の話を聞いていないんです。わざとじゃなくて、ただ聞いていないのがナチュラルというか……。だから一人だけいつも違うことを言ったり、やったり……悪い意味で目立ってしまうのです。でも、それは自分が原因を作っているとは思っていません。むしろ目立つのはいいこととさえ思っています。周波数も低いから、違うことを言ってしまったと気づくのも、大体がその場を離れてからです。自分がどんなに場を気まずくさせたか、一〇〇分の一もわかっていないような状態です。

悪意がないのがやっかい

そういう常に空気の読めない男性を好きになってしまった……。あるいは、この変わっているところがおもしろいと結婚したけれども、つくづく空気が読めず、全く実用的でないので、スムーズに日々がすごせなくなった。そういう問題を抱えながらも、空気の読めない男と共に歩んでいる（歩もうとしている）女性がいます。大変ですよね、会話が成立しないんですから。

以前に情報番組にレギュラー出演していた時、生放送前に出演者とスタッフが全員集まって打ち合わせをするのが決まりでした。ところが、その中に一人、空気の読めない人がいたんです。ディレクターたちの説明を聞いているようで実は聞いていなくて、尋ねると意味がわかっていず、そういう時は、いつも自分に都合のいい違う話にすり替える。そうして、随分先に進んでから、

「あれってさあ……」

などと突然言い出すのです。この件は、十分以上前に、一同が了解した話なのに……と、皆で顔を見合わせますが、本人は全く気づいていません。そして全員が了解しているものを自分一人で、いとも簡単にひっくり返そうとするのです。十分以上前に皆が了解したな

んて思っていませんから、自分が初めて言い出した話題だと、スターターのようなご様子です。いつものことですが、空気の読めない人って、悪意は全くないんです。でも周りは事情がわかっているので、たとえば（よりによって、この時間のない時にまたごちゃごちゃ言い出して……）などと、面倒くさくなって、放り出したくなるんです。

かと思えば、自分の気に入ったネタが見つかると、打ち合わせではそればかりについて喋りまくり、ついでに自分の経験も重ねて喋りまくり……で、時間が足らなくなって他の打ち合わせができなかったことも何度かありました。それでもノリにノッて喋り続け、挙げ句の果てに、

「今日は、ここをずーっとスタジオでもトークして、他のトコは時間がなくなるから来週！」

と言い出し、大ひっかき回しです。

「そんな。せっかく一生懸命ロケしてきたのに……」

と、皆が焦ってあたふたしている中で、その人だけ、喫煙ご遠慮室内でタバコを吸って、余裕で煙を吐き出し、

「さぁ。本番行こか」

ご機嫌な笑みを浮かべながら立ち上がるのです。空気の読めない人は、いつもこんなんですから、傍《はた》から見ると、本人はとても楽な生き方をしているように思えます。でも、周りがその分、それはそれは大変なのです。その人も、スタッフが全てフォローしてくれているから、安心して空気を読まないでいられるのでしょう。その代わり、悪意がないので「それはダメです」と誰かが言えば、「あっ、そう」と切り返し、しつこさはあまりありません。それはとても助かるのでいいことなのですが、では、あんなにひっかき回しておいて、あれは一体なんだったのかと、皆へトヘトです。

会議やサークルなど、人が集まって和《なご》やかに、たとえば高校生の話をしている時に突然、「空気の読めない男」が「高校生の時に万引きしてさあ……」と、過去の栄光話（と本人だけが思っている話）を始めて大ひんしゅくを買いますが、本人はその理由がわかっていません。

また、問題があって皆が頭を悩ませている時に、急に笑い出して、

「このあいだ、A郎がさあ……」

と、手を叩いてまで喋りまくるのですが、今、そのA郎に関わるトラブルで、さっきからずっと皆で頭を抱えている状況なのです。

人が話をしている時に、その人の話を聞かず、他のことを考えているから空気が読めず、皆と同じ波長でその場の空気を分け合うことができないのです。いつも皆とずれて、違うことをやっているので、

「ちょっと話を聞きなさい！」

と、わざわざ対面して一生懸命話しても、やっぱり聞いていません。そして、だいぶ時間が経ってから、

「あのことだけど……」

と、また、初めてのことのように言い出して、これではまるで「あと出しじゃんけん」です。

笑いのネタにすり替える

あなたが彼と喋る時は、彼が話を聞いていないことを前提に喋ってみてはどうでしょうか？　コツさえつかんで慣れれば、あとで返事が返ってくるような「時差のある会話」も、失望するほど難しくはならないでしょう。

彼は、あなたの話をオンタイムで聞いていないので、二人が違うことを同じ場所で同じ

時間に喋っていても、あなたさえわかっていれば、二人の間ではそれが普通。変でもなんでもないのではありませんか？　たとえ他人には不自然や奇妙に映ったとしても、です。彼のために波長を合わせてあげられる人は、そうそういません。でも、やってあげているという恩着せがましい感覚はやめてくださいね。「空気の読めない男」は、自分のために人が苦労して何かをやってくれているとは、全く思わないのですから。感謝を要求しても、それは無理な話です。あくまでもお布施《ふせ》（ほどこし）と思って、無理しないで、負担にならすぎない範囲内でやっていってください。

ただ大問題は、人前です。人前で、空気の読めないことを彼が口走ったら最後、その場の和やかな空気が一気に引いて、場をしらけさせ、取り繕うことが不可能になってしまいます。彼はといえば、空気が読めないので、自分のせいでこの場の雰囲気を悪くしたなんて全然思っていません。きっと、自分の話をそのまま続けているでしょう。そのそばで、あなたがドキドキハラハラ……。やめさせようと目で彼に一生懸命合図をしても、喋るのや笑うのをやめてくれないし、顔で「すみません」と皆に謝らないといけないし、多くの人と彼との間に挟まれて、あなたはもう、彼を放って逃げ出したい気分。でも責任感が強く協調性のあるあなたは、それができません。

普通に考えると、眉間《みけん》に皺が寄らざるを得ない本当に困ったシーンです。じゃあ、普通に考えるのはやめましょう。空気の読めない彼が招いた居心地悪さって、普通にはないことですから、いっそのこと楽しんじゃいませんか？　人前で、こういう大変なことを起こすなんて、空気の読めない彼にしかできません。空気の読めない彼以外の常識人でしたら、あり得ないことです。

笑いましょう。彼のことを笑ってやりましょうよ。「またこんなこと言ってる」「また空気が読めてない！」と、笑いながら彼のことを怒ってみたり、笑いのネタにすり替えてしまいましょう。そうしたら皆も笑ってくれて、もとの空気に戻っていきます。一度吐露しちゃうと、この場も、あなたの心も楽になれますよね。

先に恥をかいたもん勝ち

二十代のシングル女性が、会社の上司と不倫をしていました。妻の実家がセレブなので、上司はお小遣いに少々余裕があり、不倫に夢中になっていました。ところが興信所に頼んだらしく、上司の妻にばれちゃったのです。

それを知らずに密会していたホテルのドアをガンガン叩いて侵入してきたのが妻。上司と彼女を床に正座させて、その場で無理やり別れさせたのです。

それだけでは納得がいかないと、妻は「○○家の娘○○は、妻子ある上司を盗んで不倫をした。とんでもない女だ」とか「○○家の娘○○は、男なら誰にでもついていく」などと、悪口を書いた怪文書を近所じゅうの郵便受けに入れたり、彼女の住居のフェンスにペタペタと貼りまくったのです。ご近所さんや町内が仲のいい下町だったことが幸いでした。

彼女の母親は、白い目で見られて噂のタネになる前に、一軒一軒回って、

「ほーんとに、ウチのバカ娘が、とんでもない男の甘い言葉に引っかかっちゃって……」

などと、あえて暴露して娘をけなし、怪文書が配られたことを詫びていったのです。

黙っているから、隠そうとするから、おもしろくなって人は知りたがるのであって、あっけらかんと先に恥をさらしておけば、人は納得できちゃうのです。本来なら、彼女は人目を避けてコソコソと道を歩きたくなるものですが、

「○○ちゃん、とんだ目に遭ったね、あんたは男を見る目がないよ」

などと笑って、これまでと同じように近所の人々に声をかけられるので、彼女も苦笑いして、

「ご迷惑おかけして……」

で、すんじゃいました。それどころか、怪文書第二弾を配ろうとしていた上司の妻を近所のおじさんが見つけ、

「あんたも、もういい加減にしなさい」

と、忠告してくれたそうです。彼女の母親のように、先に恥をかいたもん勝ちです。

彼のことも、空気が読めないと発覚した時点で、取り繕わず暴露して、自分も手をやいていると本当のことを言ってしまえば、不倫した彼女のように、理解だけでなく、同情や応援もいただけちゃうかもしれません。

彼をちょっと悪者にしてしまう

あなたの好きになった人が空気の読めない人でも、負い目に感じたり、悩む必要はありません。彼は、そういうキャラなのです。ただこのキャラクターは、慣れるまで人に理解されにくいだけです。彼が空気を読まずに言動に表した途端、「空気の読めない男」だと皆にアピールできるチャンスが来たと思ってください。皆と同じ感覚で捉えて、

「困っちゃうんですよねえ、マイペースすぎて」

とか、彼をちょっと悪者にしちゃえば、その場の人は、

「あなたも大変ね」

と、同調してくれることでしょう。あらかじめ彼に、どうせ聞いていないでしょうけど、「空気が読めないこと言ったら、皆の前であなたのことをけなすかもしれないけど、ごめんね」

と、断っておいてはどうでしょう。とはいえ、どうせ彼は聞いていません。空気の読めないことをいつものように現場で言うと思います。そうしていつものように、怒られたり笑われたりしたとしても、彼は空気が読めないので、気にはしません。（なんかへんなこと言ったかな？）と感じることがあっても、彼には時差があるので、その時はもう皆と離れたあとです。

突拍子もないことを言い出す彼って、おもしろそうではありませんか。普通ではあり得ないことなので、あなたが楽しまなくては損です。そして、彼との時差がいつも何分くらいなのかがわかってきたら、あなたがもう一度その遅れた第二次時間に同じことを言ってあげたら、ピタッと合うのではありませんか？

彼は深く気にしていないから、根に持つこともないし、悪気もない。もともとはいい人なんですから、あなたも一緒に楽しむ努力をしてください。ただし、彼に何かをやってもらおうと責任を持たせるのは、最初からやめときましょう。いつやってくれるか保証がないし、忘れられる可能性も大です。そういう大切なことは、人に迷惑をかけないよう、あなたの監視付きで彼にその場でやらせるか、あなたがサッサとやっちゃったほうが無難そうです。彼を一人前の大人に育ててあげようなんて、考えたり期待しても無理なんです。育たないところが彼のキャラというものです。

ホームパーティなどでは、彼はホスト役でなく、裏方のほうが向いているのでは？　案外彼は、料理をやらせると、一生懸命、器用にやってくれるタイプではないでしょうか。

平気でお金を借りる

「ちょっと貸して」「あとで返すから」

「ちょっと貸して」「ちょっと貸しといて」「あとで返すから」と言って、小金を借りたが最後、返さない男は、いっぱいいます。

「ちょっと貸して」は、つまり正しい日本語ではこの場合、「ちょっとちょうだい」なのです。

だいたい「ちょっと貸して」なんて、責任感のある男性やプライドを持っている男性は、女性に言いやしません。「ちょっと」は、人によって金額が違いますが、一万円まではではないかと私は思います。彼らは賢いので、相手が今、どれだけ持っているかを想像し計算した上で「ちょっと」と言います。

あなたの財布の中からその金額を貸したとしても、今日をすごすだけのお金を余らせることのできる金額を計算して、頼んでいます。

その日か月末まで、あるいは次に会う時までに返してもらえなかったら、お金が返ってくることは難しいでしょう。お金を借りることの嫌いな人は、「今度でいいよ」と言われても、金額に関係なく借りていること自体が心の負担になって、返すまで心苦しくて仕方ないのです。今でしたら、コンビニでお金を下ろしにいってでも、その日に返せます。銀行やコンビニに行けるのに、お金を貸してというのは、お金がないからか、自分のお金を減らすのがイヤだからでしょう。

神社やお寺に行って、お賽銭《さいせん》を出そうとしたら、小銭がなかった。「ちょっと貸して」と言っている光景はよくあります。お賽銭を納めるところがたくさんありすぎて、お賽銭不足になり、私も夫との間で、お賽銭を貸し借りすることはあります。でもいくら小銭でも、お賽銭は絶対に借りたままではダメです。お賽銭を納める時は、神様仏様とつながる瞬間です。借りたお賽銭を納めて、借りたままにしておいたら、あなたがお参りしたことにはなりません。夫婦でもお賽銭を借りたら、できるだけ早く相手に返して清算しておいてください。

小金であろうと大金であろうと、借りたまま返さないで平気でいられる神経というものが私には信じられませんが、特にお金に関しては、自分の「価値観のものさし」というものをあてはめてはいけないようです。

次から次へ出まかせの嘘

私の元日本人夫ですが、出会ってまもなく、「引っ越しをするのに今、お金が足りないから貸して」といった内容のことを言われ、なんの疑いもなく貸してしまいました。元夫は話術に長《た》けているのです。私は、騙された女性をさんざん取材してきているのに、自分のこととなると、なかなか冷静な判断ができません。出会ってまもなくですから、相手もいいかっこしたいでしょうし、○日に集金できるというので、まさか返さないというずうずうしいことはしないと、私のものさしで判断して貸してしまったのです。

私は、お金を借りたいと言ってくる人は、よっぽどのことで、「貸して」と言うのもとても辛いのだと、そう信じて疑わない人生を歩んできました。「貸して」と言った人が返すのは当たり前。「返さない」「いただく」といったことは、私の人生では経験したことがありませんでした。だから貸しても当然返してくれると、疑いもせずに貸したのです。

翌月、今度は、

「仕事であと○○円要るから」

といった内容のことを言われました。（え？　また？）と私の顔に出たらしく、そのあと元夫はあわてて、

「支払いの滞《とどこお》っているところから、○○日に振り込まれるから。それまでだけ貸してほしいんだけど」

とつけ加えたのです。こんなこと今ならすぐにわかります、返す気どころか返せるお金など全くなかったということが。

そこから私は、お金のことで、どっぷりはまってしまいました。請求すれば「来月に支払いがある」「来週に少し入るから少し返す」「相手が、逃げた」「相手が電話しても出てくれない……」

いたちごっこです。あの頃、次から次へとよくも出まかせの嘘をついてくれたと感心しちゃいます。あまりに口先の出まかせなので、「来週」と言っておいて、その「来週」が来ても、「そんなこと言ったっけ？」と、すっかり忘れています。忘れたふりかもしれませんが、とにかく覚えていません。入る予定のお金なんて最初っからなかったんです。あ

とからわかったことですが、元夫は女性以外のこと、特に仕事に関しては怠け者でした。「貸して」と言われた時から、もう関係は崩れ始めています。返してくれなかったら、「いつ返してくれるの？」「私のお金、何に使ったの？」「本当に返してくれるの？」などと、貸したお金のことで頭がパンパンになってしまいます。請求しては逃げられ、請求しては嘘をつかれのくり返しになり、「返してくれるまでは」と、お金にふり回されて、その男から離れられなくなります。離れたらお金は返ってこない。そう思ってしまうからです。

小金でも同じです。返してもらう前に次の小金を借りて、貸しがどんどん増えていく。あなたは、お金を返してほしいので、お金を返してもらうまでは自分から去ることはできないし、お金を返してほしいという弱点があるので、彼の機嫌を損ねるような言葉もふるまいもできません。

「るっせえな。もう終わりだな」

と、彼のほうが逆ギレして去っていったらそれまでです。こういう男は大体、どこに自分の本当の家があるか言わないし、女の部屋から女の部屋への渡り鳥かもしれません。今は自宅の固定電話のない人が多く、スマホやケータイを変えられたら連絡もつきません。

そうなると、お金を取りたてることもできなくなってしまいます。

まずはいつ、いくら貸したか、たとえ百円でもしっかりと書き留めておくことです。どこで何に対していくら貸したか、これをずっと記録していきます。積もれば大きな金額になります。そうすればいくら貸しているか、正確に相手に言うことができます。ちょこちょこ借りる男は、自分でもいくら借りているか把握できず、まさかそんな大金にまで膨れ上がっているとは思いもよりません。まあ、そういうお気楽な男なら、いくらになっているかと思うこともないでしょう。

「あの人だけは違う」と思いがち

金の切れ目には、どうせ別れがきます。私の場合もそれに気づかず、「返して」と、愛情はとっくの昔からないのに、お金にしがみついていたのです。

お金を借りてばかりの男は、もっとお金をひっぱり出すために、「仕事がうまいったら結婚しよう」、「息子が成人したら結婚しよう」、そんな甘いことを簡単に言います。お金に関するプライドが、ありそうで実はありません。でも、その口からでまかせを信じてしまうと、いつか返してくれると心を引きずられてしまい、別れたほうがいいとわかっているのに別れられないままです。「あの人だけは違う」と思えちゃうんです。

そのうち、次から次へとまた「貸して」と言われ続けて、貸した金額がどんどん脹れ上がっていきます。あとには引けないくらいの金額になってしまった時は、もうあなたはドツボの中。それでも、いつか返してくれる、いつか結婚できると、かすかな希望を持っているので、また貸してしまいます。貸さないと、彼がお金ごと去っていくという恐れが、自分のお金がなくなる恐れより勝っているので、また無理して貸してしまうのです。こうして、結婚詐欺がよく成立するわけです。

「貸して」と言われた時点でおしまい

大体、プライドのある男なら、惚れた女に「貸して」なんて言えないものです。それで彼女を失ってしまうということを知っているので、自分にとってナンバーワンはでない女から、あわよくばと借りるものです。その人が本当にシングルかどうか、これも早いうちに調べておかなくては。妻子がいて、その妻子を養う生活費の出どころが「あなた」になっている可能性だってあります。

「貸して」と言われた時点で、本当はもうおしまい。お金を貸してまで、自ら彼と縁をつなげ続ける必要なんてありません。そんなことを言っている私も、やっぱり返してほしいので、お金と元夫に引きずられてきました。取材記者だけでは食べていかれなかった頃、取り立て屋のアルバイトで、警察署に送りつけた雑誌の集金に行っていたという取り立て上手な私なのに、その経験が全く生かされませんでした。

結局、離婚後数年して、元夫に道でばったり会った時に「今持ってる分だけでいいから返してよ」と、言ったところ、人目もあってか、財布の中からしぶしぶ何枚かあるうちの一万円札一枚だけを渡されました。後にも先にも、これ一回きりです。責任ある大人なら、「あの時は迷惑かけて申しわけなかった」と、自分が稼げるようになった時、たとえ少しでもお金を持ってきて誠意を見せるものです。

これはまた聞《ぎ》きですが、私と一時期重なっていた愛人の女性も、その後、彼女が貸したお金のことでふり回されていたそうです。

お金を借りにくる男に対しては、嫌がられても借用書をもらうか一筆書かせてください。それで彼が去っていくのも結構。恐れたり、追う価値はありません。いつ、いくらをなんのために彼に貸したか、そして、いつの食事代「ちょっと貸して。出しといて」と言われたから出してやったか、細かく書き残しておきます。そうすれば、いくら貸したか、正確に把握できます。足していくと、莫大な金額になって、自分でも驚き、恐怖と怒りが湧いてきます。

借金男の更生は、まず無理

私の場合は、もう引き出せるお金がないとわかった頃、夫という籍のみ残して、お金を出せる新しい女性へと元夫は移っていきました。愛情はすでに失せている私ですが、それでも貸したお金に対しての執着は強く、「早く返して」「私も困ってるの」と電話をして請求だけは口うるさくしていました。そうしないと、もう私はお金のことを諦めたんだと、相手に安心されるのが悔しかったからです。でも、いつもでまかせの嘘ばかりで、結局お金は返ってきませんでした。電話で話すのさえもイヤになって、私のほうが先に根負けしてしまいました。

お金がなくて、お金を借りたいとお願いする立場の人だってよっぽど辛いと思っていた私ですが、今も元気で陽気に生きている元夫の噂話を耳にするたび、（こんなに私を苦しめておいて悔しい！　あのお金が今あれば……。あの男にさえ出会わなければ……）と、大後悔します。でも、そんな男と今も一緒にいないだけでも幸せと考えられるくらい、年月とともに私も成長できました。

この世で返してくれなかったお金は、きっとあの世で厳しく取り立てられることでしょう。あの世にお金は必要ない？　だからあの世で元夫は、はるかに厳しいイヤなものを代わりにいただくことになるのでは？　それがなんなのか、今から私は楽しみにしているのです。

小金であろうとお金を貸してくれと言ったり、食事やお茶をして支払いの時になるとトイレへ行ったり、ポケットに両手をつっこんで知らん顔している男を更生させるなんて、まっとうな生き方をしているあなたには、まず無理です。

もし、次にその借金男に会うことがあるならば、財布の中身を貸せないくらいの少額、千円札のみにして、あとはウチに置いて出かけましょう。キャッシュカードも、クレジットカードも持たず、毅然とした態度で臨むことです。そして、貸したお金を返してもらいたいがために引きずられていると気づいたその時点で、潔く自ら終止符を打つことです。まだ戻れます。被害もそれ以上に膨らみません。今のあなたに必要なのは別れる勇気です。

「私が無駄にした時間とお金を返して」

と、いつか返ってくるかもしれないお金と、誠意と奇跡を願っているから離れられず、さらにズルズルとふり回され、残っていたお金もきれいに使われちゃうのです。奇跡は起こりません。誠意もお金も戻ってきません。

高い高い授業料を払ったと自分を納得させるには、あまりに自分がかわいそうですが、あなたが「やめた！」と決心できた時に関係が終われます。あなたには酷ですが、お金がもう出ないのに、彼だって、くっついている理由がないからです。貸すから取り戻したいのです。どうしても彼とくっついていたいのなら、貸すのでなく、あげてください。でも、そんな彼や夫に「生きないお金」をあげるくらいなら、「生きたお金」を相応のところに贈って使ってもらうほうが、多くの人が幸せになれます。

貸してといわれた時はあげる覚悟で

ある優秀な私立大学生が風俗で働いていました。彼女はナンバーワンの超売れっ子なので、毎日たくさんの現金収入があります。彼女にくっついているのは、元ホストの彼で、普段、何をしているのかわからないと彼女が首を傾《かし》げるほどの風来坊です。彼はお金が欲しくて、度々、彼女の部屋へやってきます。彼は彼女に、事業を起こすための準備金だと言っています。でもギャンブルに使っていることなど、彼女は百も承知です。

彼女の部屋には、あちこちに現金があります。彼がよく「貸して」と言ってくるので、いつでも貸せるように、その日の稼ぎを銀行に入れず、わざと家に置きっ放しにしていました。彼は、ちょこちょこと借りに来ていましたが、合い鍵を持っているので、そのうち、黙ってお金を持っていくようになりました。それでも彼女は何も言いませんでした。彼女は全く無駄遣いをせず、むしろ質素な生活をしています。お金に欲がないので、まるで紙切れのように部屋の家具の上などに一万円札を放ってありました。それを彼がすべて持っていってしまいます。

「せっかく体で稼いだお金をそんな男にやってしまうなんて……」

話を聞いているうちに、私のほうが悔しくなって仕方ありません。でも彼女は、

「いいの。もう返ってこないことなんて知ってる。この関係は、私が稼げなくなる時までだから……」

と、平然と笑っているのです。二人の関係はある時、突然、終わりました。彼女が店を辞め引っ越しをして、忽然《こつぜん》と彼の前から消えてしまいました。

風俗もやめ、堅いところに就職をし、全く新しい人生を歩み始めたのです。

自分から消えた以上、「貸して」と言われて貸した大金は戻ってきません。毎日、家に

放っておいた稼ぎの大半を彼が持っていって遊んじゃったのです。その金額を計算したら、恐ろしいくらいの数字になります。ところが彼女は、

「あれは『あげた』と思って部屋に置いていたんだから……」

と、冷ややかな美しい笑みを浮かべていました。

さすがに賢い彼女だけあって、一年分の生活費くらいは残していたそうですが、新しい職場で、ほぼゼロからの出発です。

でも彼女には、強い精神力と、賢い頭脳があります。きっと次の人生でも成功することでしょう。

貸してと言われた時は、あげる。その切り替えができないならば、断る。それで相手が怒ってきたら、その時点で離れる。

お金を借りることにプライドのない男とは、それくらいの覚悟を持って接するべきです。そういう男、そして素質のある「隠れプライドなし男」も周りに実はいっぱいいます。お金が大切なら、最初が肝心です。一度ですみます。バシッと最初に断ってください。気まずいのは、その時だけです。次はありません。

それができないのなら、絶対に手をつけないと決めたお金を貸金庫や天井裏や、どこか

に隠しておきます。なくなっても諦めることのできる金額の現金だけが全財産と、自分の中で信じ込み、その中で彼に貸してあげることです。その「全財産のふり」のお金を全部彼が借り切ってくれた時が、別れ時です。あとは、隠し金を使ってあなたが引っ越しをし、行動範囲を変えて、第二の人生を悠々と歩んでいってください。

私の元夫もそうですが、後に何か言ってきても「じゃあ、早くお金を返して」と言えば、相手は返す言葉がありません。返したくないし、返せないのですから、その場で彼のほうが気まずくなって去っていきます。あなたは少しも悪くありません。ただ、ゆすりのネタにされないよう、裸の写真を撮らせたり、ばれてはいけないことで口を滑らせたりなど、ネタとスキを決してつくらないでください。もし、そういう運びになったあかつきには、迷わず警察です。

著者略歴

愛知県に生まれる。作家。僧侶。高野山本山布教師。行者。日本大学芸術学部を卒業し、女優など一〇以上の職業に就いたあと、作家に転身。一九九一年『私を抱いてそしてキスして――エイズ患者と過した一年の壮絶記録』（文藝春秋）で、第二二回大宅壮一ノンフィクション賞を受賞。二〇〇七年、高野山大学で伝法灌頂《でんぽうかんじょう》を受け僧侶となり、同大学大学院修士課程を修了する。高野山高校特任講師。

著書には映画化された『極道の妻たち®』（青志社）、『少女犯罪』（ポプラ新書）、『四国八十八ヵ所つなぎ遍路』（ベストセラーズ）、『女性のための般若心経』（サンマーク出版）、『熟年婚活』（角川新書）、『孤独という名の生き方』『大人の女といわれる生き方』（以上、さくら舎）などがある。現在も執筆と取材の他、山行、水行、歩き遍路を欠かさない。高野山奥之院または総本山金剛峯寺に駐在し（不定期）、法話をおこなっている。

別《わか》れる勇気《ゆうき》
――男《おとこ》と女《おんな》のいい関係《かんけい》のカタチ

二〇二〇年八月一三日　第一刷発行

著者　家田《いえだ》荘子《しょうこ》

発行者　古屋信吾

発行所　株式会社さくら舎　http://www.sakurasha.com

東京都千代田区富士見一-二-一一　〒一〇二-〇〇七一

電話　営業　〇三-五二一一-六五三三　ＦＡＸ　〇三-五二一一-六四八一

編集　〇三-五二一一-六四八〇　振替　〇〇一九〇-八-四〇二〇六〇

装画　ｅｎａ

装丁　石間　淳

印刷・製本　中央精版印刷株式会社

ISBN978-4-86581-260-2